「あ、康介。おかえり〜」
「おまっ！　なんつー格好してんだ!?」

CONTENTS

Cat schoolgirl and office worker

猫のJKとサラリーマン

秋乃つかさ

講談社ラノベ文庫

口絵・本文イラスト／Ｅｎｊｉ
デザイン／寺田鷹樹（ＧＲＯＦＡＬ）

◆プロローグ◆

過去を振り返ってみると、俺の存在そのものは母親によって形成されたと言っても過言ではない。母からは、この世に生を享《う》け肉体を与えてもらっただけでなく、思想や生き方までも授けられた。

そんな母を世界で一番尊敬しているけど、どうしてあのような教えをしてきたのか、たまにふと疑問に思ったりする。

あれは確か俺が小学生になろうかという年齢の頃——。

「いい、康介《こうすけ》？　あなたは男の子なのだから、弱き者には優しくしないとダメよ。特に女の子と猫にはね」

「女の子と猫さんに優しく？　ねえママ、それってどうして？」

「それはね、女の子と猫はとても弱い生き物だからなの。だから強い男の子が守ってあげないといけないのよ。その代わりに女の子は男の子を支え、猫は癒《いや》しを与えてくれるわ」

「でも僕、この前カナちゃんとおままごとをしていたら、コウちゃんって情けない旦那様ねって言われたよ。そして、こんな弱いコウちゃんとは離婚して猫と二人暮らしするわって言われたの」

「あなたたち、園児のくせに一体どんなシチュエーション設定でおままごとをしているのよ。でもね、康介。今は康介の方がカナちゃんより弱くても、いずれはあなたが大きくなって強くなる時が来るのよ」

「ふ〜ん。でもカナちゃんの家の猫さんは強いからへーキだよ。おままごとをお外でしていたらね、急に犬さんが現れてワンワンって吠《ほ》えられたの。そしたら子ども役のカナちゃんの猫さんが、ふしゃーってして犬さんを追っ払ったんだよ」

「あら、ご主人を守るなんてお利口な猫さんね。で、犬さんに吠えられている時、康介はどうしていたのかな？」

「えっと、僕はカナちゃんの背中に隠れてブルブル震えていたよ」

「……ああ、なんて情けない」

「えへへ」

　多分、この時の母の教えは半信半疑で聞いていたと思う。

　何故《なぜ》なら俺より強い女性なんて周りにたくさんいたからだ。実際問題、この母にしても父をよく尻《し》に敷いていたし、純粋な腕力だってもしかしたら母の方が強いのではないかと思っていた。

そして数ある動物の中で、猫だけを守らないといけない理屈がよくわからない。子犬やウサギ、ハムスター等々ペットとして人気な小動物は他にもいる。しかも母は別に猫好きというわけでもなく、これまで猫を飼ったことすらない。

俺が呆《ほう》けた顔をしていたのか、母はまだ話を続ける。

「康介、あなたママの教えを理解していないでしょう？」

「だってママ、猫さんは可愛《かわい》いけど、お隣の家にいるアンナお姉ちゃんは僕より大きいし金髪でヤンキーだよ。いっつも僕をからかってくるし、アンナお姉ちゃんみたいに怖い人まで守るのは嫌だ」

「コラ、人を見かけで判断しちゃいけません！　いい、康介？　アンナちゃんみたいに強そうに見えてもね、女の子はみんな等しく弱い生き物なの。だから男の子はヒーローになって、女の子がもし困っていたら手を差し伸べるのよ」

「でもその女の子がすっごい悪い人だったらどうするの？　この前ね、テレビでヒーロー戦隊が敵の女幹部を叩《たた》きのめしていたんだ。僕、ヒーローならそっちがいい」

「そんなのママは認めません。たとえその女の子が地球を滅ぼそうとする悪人でも絶対に助けなさい」

「え～っ！」

もう無茶苦茶な理論だと思ったよ。

まだ幼少期の俺でも、それなりの倫理観や道徳観は持ち合わせていたと思う。だからこそ、この母の教えに対し、ある種の抵抗は見せていた。

それでも大人になってからも母の教えを遵守しようと考えたのは、おそらく母がこのように言ってきたからだろう。

「いいわね、康介。もしも女の子と猫を悲しませる真似《まね》をしたら、それはあなたが男じゃないってことよ。その時はお仕置きするから覚悟なさい」

「お、お仕置き？」

「ええ、そうよ。男でないならママは必要な処置をします。具体的には、あなたのそれを千切り取るから」

「それって、何⁉」

「何はナニよ」

「あの、ママ……？　目が怖いよ……」

母の視線は明らかに俺の股間《こかん》へ向いていた。

この瞬間における母の恐ろしい表情を生涯忘れることはないだろう。

それからの俺は母の言いつけを守り、女性と猫に対して優しくすることを念頭に生きてきた。それがまさか、二十年ほど過ぎてからこんなことになろうとは思いもしなかった。

第1章 ◆ サラリーマンと秘密の女子高生

時刻はもう夜九時を過ぎている。星が隠れた曇《くも》り空《ぞら》は暗く染まっており、街灯や建物の窓から漏《も》れる光だけが辺りを照らしていた。

会社を出た俺は周りに通行人がいないことを確認し、これまでの鬱憤《うっぷん》を吐き出すように空へ向かって叫ぶ。

「課長のアホ〰〰っ！　お前なんか浮気して奥さんに見つかっちまええええ！」

ふう、スッキリした。これで朝から蓄積されたストレスも緩和《かんわ》されていく。

満ち足りた気持ちに耽《ふけ》っていると、隣に並んで歩いている女性がクスクス笑っていた。

彼女は同期入社で親しくしている河嶋涼葉《かわしますずは》さんという。

落ち着いた雰囲気に、セミロングの茶髪にはトレードマークになっている水色のシュシュを結わえている。派手なお粧《めか》しをしておらず少し地味な印象を受ける容姿だが、笑顔になるとまるで妖精のように可愛《かわい》らしい。また男女分け隔てなく優しい性格を持ち合わせており、まさにお嫁《よめ》さんにしたい大和撫子《やまとなでしこ》と呼ぶにふさわしい女性だ。

中高大と付属の女子校出身で、これまでほとんど男に免疫がない人生を送ってきたらしいけど、部内の男性社員とはちゃんと積極的に関わって行動している。俺は彼女と同じ経理部の経理課に所属しており、席も隣なのでよく話す間柄になっていた。

「康介《こうすけ》くん、残業の時はいつもそうやってボヤくよね。うふふ、おっかしい～」

「本当は本人に直接文句を言いたいくらいだ。だって課長の奴《やつ》、最も忙しくなる月次決算の締め日に、奥さんから呼び出されたとか言って帰りやがったんだよ。絶対にあり得ねえって。仕事を丸投げされた俺たちはいい迷惑だ」

「まあまあ、課長のお子さんが急に病気になったみたいだから仕方ないよ。こんな時だからこそ、部全体で協力し合わないといけないわ。わたしたちもいつ病気になって誰かに仕事をお願いするかもしれないんだから」

「いや、そりゃわかっているけどさ。こうも頻繁《ひんぱん》に起こると愚痴りたくもなってくる」

大学卒業後、今の会社に経理職として入社し二年目となる。徐々に仕事は慣れてきたとはいえ、社会人の忙しさと責任を日々痛感するばかりだ。

今月も残業がかなり発生してしまい、月末ともなると疲労困憊《ひろうこんぱい》である。この会社は残業代の手当がきちんと付くので嬉《うれ》しいけど、元の基本給が低い俺にとって安月給なのに変わりはない。

「はぁ～、会社辞めてえな。辞めようかな」

巷《ちまた》では、新入社員のうち入社三年以内の離職率が三割を超えているという情報がある。

せっかく苦労して就職戦争を勝ち抜いたのに、なんてアホな連中なんだと大学生の頃は蔑《さげす》んでいたけど、今となったらその気持ちが充分に理解できる。

「もう、そればっかり。でもわたしは知っているよ。康介くんは自分勝手にやるべきことを放棄する人じゃないって。今日だってほら、忙しい中わたしを助けてくれたよね？」

「それは涼葉さんを手伝ったわけじゃなく、単に仕事の効率の問題だ。俺が入金仕訳している間に、涼葉さんには支社の残高照合してもらっただろ」

「そうだね。でもだったら、わたしをこうして駅まで送ってくれるのはどうして？」

「だからそれは……」

言《い》い淀《よど》んでいると、涼葉さんが覗《のぞ》き込《こ》むような形で見上げてきた。表情を悟られまいとサッと顔を背《そむ》ける。

俺たちは今、会社から最寄り駅までの道のりを歩いている。

しかし俺の住むアパートは駅とは別方向にあり、わざわざ駅方面まで来る必要はない。

そのことは涼葉さんもよく知っている。

「康介くんのことだから、落ち込んでいるわたしを心配して、こうしてわざわざ送ってくれているのかなって思っちゃった」

「大きな誤解だよ、涼葉さん。俺はただ駅前のコンビニで今晩の夕食を買いに行くだけで他意はない」

「ふうん。でも康介くんの家の近くにだってコンビニくらいあるでしょう?」

「あるにはあるけど、駅前の方は種類が多いからな。こう見えて実は食通でさ、弁当一つ選ぶにしても慎重に吟味《ぎんみ》しているんだ」

「ふふっ、康介くんがそう言うなら、勝手にわたしの勘違いってことにしておこうかな」

涼葉さんが意味あり気に含み笑いをしている。あれは嘘《うそ》を全部見破っている顔だな。まあ、実際図星だからこれ以上は言い返せないけれど。

どうにも気まずくなり、話題を変えることにした。

「ところで妹さんから連絡はあった?」

そう問いかけると、涼葉さんは一瞬息が詰まったような驚きの表情となるが、すぐにいつもの顔に戻る。

「うん、返信はあったよ。でも今日もまだ帰らないんだって。まったくもう、あの子ったらいつも気まぐれに行動を起こして、お姉ちゃんに気苦労をかけて困ります。帰ってきたら、しっかりと叱ってやらなきゃ」

涼葉さんとはまだ短い付き合いながらも、これが強がりのセリフだとすぐにわかった。だとしてもわざわざそれを指摘しない。

「へえ、会社では温厚な涼葉さんも、家では厳しいんだ」

「意外だった?　康介くんもわたしを怒らせたら怖いからね」

「ははっ、でもそんな一面の涼葉さんを一度は見てみたいかも」

今日の昼休み中に聞いたばかりの話だが、なにやら涼葉さんの妹が一昨日《おととい》から帰っていないらしい。ただしこれは誘拐などの事件ではなく、文字通り帰ってこないだけだ。

涼葉さんは妹さんと二人暮らしをしており、一昨日の夜に些細《ささい》な原因で言い争いをしてしまったのだとか。そして妹さんは怒ってそのまま家を飛び出し、友人の家にしばらく泊まるとメッセージアプリのＲＥＩＮで連絡があった経緯となっている。

「おっと、すいません」

横を向きながら歩いていたので通行人と衝突してしまう。会釈《えしゃく》して謝りながら相手を見ると、学校の制服姿の少女であった。こちらをチラッと一瞥《いちべつ》するだけでそのまま行ってしまう。

「康介くん、立ち止まったりしてどうしたの？」

「いや、多分女子高生だと思うけど、ぶつかって何も文句を言わず去ったからさ。怖がらせたとしたら悪いことをしたなって」

確か涼葉さんの妹も高校生だと言っていたっけ。あれくらいの年齢の女の子がこんな夜遅くまで出歩けば、肉親ならそりゃ心配にもなるか。

今思えば、高校生だった時の俺もああして友人と夜の街を遊び歩いていた。あの頃の母さんも今の涼葉さんと同じく、心痛の思いで子の帰りを待っていたのかもしれないな。

「えっと、女子高生なんてどこに…………、っくしゅん！」

「あれ、涼葉さんもしかして風邪？」

「ううん、ごめんなさい。ちょっと鼻がムズムズしただけ。おかしいな」

大きなくしゃみをしたことが恥ずかしかったのか、涼葉さんはキョロキョロと辺りを見回している。

「近頃は夏風邪とか流行《はや》っているみたいだからね。家に帰ったら念のため安静にした方がいいよ」

「うん、そうします。お姉ちゃんなんだからしっかりとしないと。今日も余計なこと考えていたから、仕事で康介くんに迷惑かけちゃったし」

「なんのなんの、俺でよければどんどん迷惑をかけてよ。加齢臭な課長の重荷を背負うのは御免だが、涼葉さんなら同期のよしみでいつでも背負うから」

「あはは、康介くんは優しいよね。だからなのかな。女子社員の間で、康介くんはとても頼りになる男性だって噂《うわさ》になっているのよ」

「なぬ！　それはお世辞とかではなくマジな話？」

「うん、本当よ。この前なんか違う部署の子から、康介くんをもらえないかお願いされたくらいなんだから。でも康介くんがいなくなったら経理部は大変になるし、わたしも心細いわ。だからきっぱりと断っちゃった」

「おおう、俺の知らぬところでそんなことが……」

散々、荷物運びなんかの雑用を手伝った甲斐《かい》があったな。その女子社員たちは俺をただの便利屋だと思っているだろうけど、そういった評価をされるのは正直嬉しい。

母の教育の賜物《たまもの》から、女性には比較的優しくしようと心がけていた。決して見返りを求めていたわけじゃないが、感謝をされたら心は弾《はず》む。

「わたしね、男の人は怖いってイメージを持っていたの。でも康介くんはそんなわたしに優しく話しかけてくれて、今日みたいにずっと助けてくれたから変えられたんだ。こうして男性と話せるようになったのは康介くんのおかげなんだよ」

「そっか。大したことをしたつもりはないが、お役に立てたのなら何よりだよ」

俺が涼葉さんを気にかけるのは、優しさだけではなく打算が含まれていたりする。

そう、実は彼女に対してほのかな想《おも》いがあった。とはいえ恋や愛といった崇高なものでなく、単に彼女へ対する畏敬や憧《あこが》れみたいな感情である。きっと日々感じる仕事の疲弊を涼葉さんの笑顔によって何度も救われたから生まれたのだろう。

実際、涼葉さんが傍《そば》にいなかったら本当に会社を辞めていたかもしれない。彼女が近くで笑ってくれるからこそ、これから先も頑張れるのだ。

「じゃあ、わたしはここで。わざわざ送ってくれてありがとう。また明日ね」

「ああ、また明日。あと、送ったのはついでだからな」

いつの間にか駅に辿《たど》り着《つ》いており、涼葉さんは手を振って改札口に入っていった。

●

涼葉さんと別れた後は駅前のコンビニで買い物をし、来た道を戻る。

「ふっふっふ、ローストンカツ弁当に缶ビールを二本、そしてゴージャスプリンまで買っちまった。まさかコンビニで一食千五百円以上も使うとは我ながら恐ろしいぜ」

安月給ゆえに、普段食べ物に関して贅沢《ぜいたく》はしないように戒めている。外食だってたまに学生時代の友人と居酒屋に行くくらいだ。

けど仕事を頑張った自分へのご褒美にと、こんな日はささやかに奮発をする。本当にささやかなので友人にはバカにされたけどな。

そうこうしていると我が家のアパートが見えてきた。

築十五年とやや古いが、家賃は六万五千円とお手頃な上に風呂とトイレが別々である、１ＤＫの間取りになっている。俺にとっては立派なお城だ。

三階へと階段を上がり、三〇四号室の扉を開けてようやく帰宅できた。

「ただいまっと。やれやれ、飯を食う前に軽くシャワーでも浴びるか。……おや？」

家に入って靴を脱いだ途端、すぐにインターホンが鳴る。

こんな時間に来訪者なんて珍しい。集金かとも考えたが、家賃は大家さんに支払ったばかりだし、新聞なども取ってないのであり得ない。

となると、ご近所の人だろうか？

「はいはい、どちらさんで――」

扉を開けて来訪者を見た瞬間、俺の動きが止まった。

「こんばんは～。うわっ、よく見たらなんだか冴《さ》えない男ね」

そこに立っていたのは一人の少女であった。

上は水色のスクールシャツと紅《あか》い蝶《ちょう》ネクタイ、下はブラウンのチェック柄ミニスカート、そして腰にはベージュのカーディガンを巻いた、まさによくある女学生の格好だ。

流れるような黒髪に端整な顔立ちだが、細い眉や褐色の肌に加え、首のチョーカーやら腕のカラフルな装飾品やらを身に着けた派手な外見はギャルのＪＫと形容していいかもしれない。ただ、手持ちが学生鞄《かばん》ではなく、まるで修学旅行の帰りみたいな桃色の大きなボストンバッグを背負っている点が異質ではあった。

「冴えない男って……」

「まあ、どうでもいいわ。それより突然で悪いんだけどさ、あんたに色々と話したいことがあるのよ。だからまずは家に入れてくれない？」

俺にはもちろん女子高生の知り合いはいない。しかも人目を避けるようなこんな夜中に

訪問する若い女性なんてもってのほかだ。あからさまに怪しい。

夜遅くに男の家へ訪れる制服を着た少女。遊び慣れているような見た目。ワケありそうな大きな荷物。

これらから導き出せる答えは一つだ。

「あ、部屋を間違えていますよ。ウチは佐藤《さとう》って言いますんで。では」

言い切ってすぐさま扉を閉め、ガチャッと鍵をかけた。

すると外からドンドンと扉を叩《たた》いてくる。

「ちょ、なんで閉めるの⁉ あんた、まさか困っているか弱い女の子を見捨てるつもり⁉ 信じらんない！」

「いや、だからですね、俺はあなたのような人は呼んでないんですよ！ きっと部屋番号をお間違えでしょうから、よく確認してください！」

「はあ⁉ あんたねえ、あたしのことを一体なんだと思っているのよ⁉」

「それはその……、詳しくは知りませんがいわゆるエッチなお店から派遣された方なんですよね？ 直接お客の家に訪れ、そういうコスプレをしてサービス行為をするみたいな？ 別に俺は職業差別するつもりはないんですけど、あなたみたいな人が家の前で騒ぐと近所の変な噂になっちゃうので困ります。だから早く帰ってもらえませんか？」

「んなっ！」

　すると、扉を挟んで繰り広げていた攻防が止まった。

　ようやく帰ってくれたのかと扉に耳を当てて外の様子を窺《うかが》う。すると静かに殺意の籠《こも》った声が聞こえてくる。

「今すぐにここを開けなさい。さもないとあんたを三回殺す。最初は社会的に、次に精神的に、そして最後は肉体的にこれでもかというくらい苦しませた上で殺す。まずはこの場で悲鳴を上げてあんたに犯されそうになったと騒いでやる」

「はい、すみません！」

　ヘタレな俺はすぐに扉を開けた。

「ったく、手間をかけてくれたわね。じゃあ、家に上がらせてもらうわよ」

　ギャルＪＫ風の女性は家主の許可なしに家の中に入っていく。俺は脱ぎ散らかした彼女の革靴を揃《そろ》えてから後を追いかけた。

「へえ。男の一人暮らしにしては綺麗《きれい》に片付いているじゃない。あ、もしかして彼女さんとかに掃除をやらせているとか？」

　ダイニングを見た女性がこんな感想を漏らす。

「あまり物を置かないだけで、掃除はこまめに自分でやっている。洗濯物だけは週末にまとめてやるから溜《た》まっているけど」

「そうよね。あんたって見るからに恋人いなそうな顔だし。うぷぷっ」

と、笑いながらしっかり無礼なことも言ってくる少女。職業柄とはいえ、商売でこんなに口が悪くてもいいのだろうか？

少しだけイラついてきた。

「ちょっとキミさあ……」

「黒葉《くろは》」

「え？」

「あたしの名前よ。キミとかあなたって呼ばれるのはナンパみたいで好きじゃないの。あたしを呼ぶ時は名前で呼びなさい」

ああ、そうか。こういうお店では確か本名じゃなく偽名を名乗るとどこかで聞いたことがある。タレントが芸名にしているみたいに、きっと仕事用の名前を使いわけることで普段と違う自分を出せるのだろう。

これがそういった世界でのプロの心構えなのか。ならここは彼女の流儀に従ってそう呼ばせてもらおうか。

「んじゃ、黒葉さん。俺は本当にあなたの客じゃないんだ。きっと場所を間違えていると思うからさ、お店に確認してすぐに出ていってもらえないか？」

「おい、マジで殺すわよ」

黒葉と名乗る女性が胸ぐらを摑《つか》んできた。ていうか、初対面の人に対して度々の殺害宣言は客商売をする上でどうかと思う。会社であればすぐ本部に連絡が行き、クビ案件になる。まあ、こちとら客ではないからわざわざ通報するつもりはないけれど。

「さっきから聞いていればさ、あんた、何を勘違いしてんのよ？　発想が普通にキモいんだけど。つーか、あたしの年齢でそういういかがわしい仕事をしていたら一発で身の破滅になるわ」

「へ？　じゃ、じゃあ、黒葉さんってもしかして……、本物の女子高生なのか？」

「見りゃわかるでしょ。ああ、もう！　学校の先生にも制服の着こなしをどうにかしろってめっちゃ注意されていたけどさ、まさかコスプレ扱いされるなんて思いもしなかったわよ！」

少女は摑んでいた手を放し、そのまま髪の毛をぐしゃぐしゃと搔《か》きむしっている。

「わ、悪い。こんな時間に制服を着た女の子が訪問してきたからつい……」

「ついって何⁉　あっ、もしかしてあんたそういった店をよく利用しているの？　しかもあたしみたいな高校生の格好をさせて？　うわわ、この人ロリコンだ。マジでキモいんですけど」

「す、するかボケ！　俺はむしろお姉さん属性だ！」

「あ〜、はいはい。この際あんたがロリ好きでも熟女好きでもあたしはどっちでもいいんだけど、初対面の女子高生相手に自分の性癖を晒《さら》さないでくれる？　キモい上に人として恥ずかしいわよ」

「むぐっ……」

言い負かされて俺は押し黙る。年下の女の子って口が達者で怖い。

だけどここで彼女に主導権を握らせるわけにはいかない。さっさと帰ってもらって、早く飯が食いたい。

それにエッチな店の人が派遣されるより、本物の女子高生が家にいる方が半端ない背徳感を抱く。違った意味でさっきから緊張していた。

「黒葉さん――、いや、黒葉が女子高生なのはよくわかった。それだったらこんな時間に男の部屋にいるなんて余計危ないだろ。きっと親御さんも心配しているだろうし、早くお家《うち》に帰りな」

ここは大人の立場として諭《さと》すように優しく言ってみよう。てか、頼むからマジで出てって欲しい。無関係の未成年の女の子を招き入れている現場だと傍《はた》から見られてしまったら、どう考えても逮捕されちゃいますよ。

だが黒葉はさっきまでの悪戯《いたずら》っぽい顔から寂しげな表情へと変わる。

「……帰れるものなら帰りたいわよ。あたしだってこんなことにさえなっていなければ、わざわざあんたの家に押しかけたりしない」

「何かあったのか？」

訊《たず》ねるが、おおよその見当は付いていた。

黒葉みたいな多感な年齢の女子の場合、喧嘩《けんか》の末に家出したのだと世の中の相場は決まっている。相手が家族なのか、それとも同棲《どうせい》中の彼氏なのかまではわからないが。

だからこそ、こういう女の子に対しては理解してあげることが大切なのだ。たとえ相手が不躾《ぶしつけ》な女子高生でも、立場や力は俺より弱いので、その子の味方になって優しくすべきだと教わっている。だよね、母さん。

「よかったら事情を聞かせてくれないか？　もしかしたら俺でも力になれることがあるかもしれない」

「本当？」

「ああ、絶対に悪いようにはしない」

そう言うと、黒葉はホッと息を吐《つ》いた。少しは信用してくれたか。

「わかった、話す。実はあたし、……なの」

「え？　ごめん、聞こえなかった。もう一度言ってくれ」

「だ～か～ら、あたし、猫になっちゃったの！」

「…………」

母さん、俺にはこの女子高生の言っていることがさっぱり理解できません。これがジェネレーションギャップなのでしょうか。

「ちょっと！　その顔は全然信じていないでしょ⁉」

「あの、わかるよ、うん。よく不思議ちゃん系のアイドルとかがそういうの言っていたのを知っているし、あれと同じで黒葉も猫になりたいんだよな？」

「全然わかってないじゃない！　じゃあ証明してあげるからちょっと来て！」

「おわっ！」

黒葉は俺の腕を取り、そのまま玄関から外に出る。

「ねえ、このアパートにあんたと仲が良《い》い人とかいる？」

「いや、近所付き合いはほとんどしないから特にいないが、強《し》いて言うなら左隣の三〇三号室にいる井上《いのうえ》くんかな。彼は大学生だけど、顔を合わせたら必ず挨拶してくれる好青年なんだ」

「あっそ。ならその人に証明してもらうわ」

「お、おい！」

腕を摑んだまま隣の部屋の前まで行き、インターホンを鳴らす。

数秒後、その部屋の主が顔を出した。

「へいへい誰っすか？　あっ、佐藤さんじゃないっすか。こんな時間にどうしたんです？」

「やあ井上くん、こんばんは。夜分遅くに悪いね。実はこの子がさ……」

「この子？」

井上くんは俺の隣にいる黒葉をジーッと眺《なが》める。だがその視線は黒葉の顔ではなく脚へと向いていた。

おいおい、井上くんって実は足フェチなのかな。でも黒葉が穿《は》いている制服のスカートの丈《たけ》が短くて、そこから伸びる脚がいくら魅惑的だとしても、初めて会う女子高生の脚線美を凝視するのはどうかと思う。

「わあ、可愛い黒猫っすね。佐藤さん、猫を飼ったんすか？」

「っ！」

俺は彼の言葉に絶句した。

井上くんは砕けた感じの喋《しゃべ》り方ではあるが、真面目な性格だ。基本的に人をからかうタイプではない。

「い、井上くん……。キミにはこの女の子が猫に見えるのかい？　足フェチとかではなくて？」

「足フェチ？　いや何を言っているのか意味はわかりませんけど、メスなんすねその猫。尻尾《しっぽ》をフリフリ揺らしてとてもキュートっす」

「…………」

井上くんのセリフに戦慄し、取り繕う言葉も出ない。ただただ予期せぬ事態に現実逃避して、放心してしまう。

するとそんな俺の様子を尻目に、黒葉は一歩前に出た。

「これだけじゃないわ。よく見ていて」

そう言って、黒葉は真剣な表情のまま井上くんの手を取って握る。俺には単なる握手をしているようにしか見えないが、井上くんの様子が明らかにおかしい。

「すっげ！　この猫、お手ができるんすね。犬ならともかく猫も躾《しつ》けたらこんな利口になるだなんて知らなかったっす」

もう頭の整理が追いついてない。黒葉が目線で「どう？」と訴えているが、ただ呆気《あっけ》に取られるだけだ。

「もしかして佐藤さん、紹介ついでにペット自慢に来たんすか？」

「い、いや、そうではなくて……」

「あ、わかった。その黒猫を俺に預けようと頼みに来たんでしょう？　ダメっすよ。動物とかこれまで飼った経験はないですし、軽々しく引き受けるには責任重大っす。てか、このアパートってそもそもペット禁止だった気がするんすけど？」

もう間違いない。社畜のように働いたせいで疲れてこそいるが、幻聴が聞こえるほど耄《もう》碌《ろく》はしていないつもりだ。

であれば、これ以上の問答をしていたら変な奴だと思われてしまう。この場は自然と切り上げるべきだろう。

「あ～、そういやそうだったね。実はこの猫を知り合いから預かってさ、少しばかり鳴き声でうるさくなるかもしれないんだ。だからその連絡と、あとは大家に内緒にしてもらえると助かるかなって」

「なるほど、そういうことっすか。わっかりました。俺、これでも口は堅い方なので任してくださいっす」

「うん、こんな遅くに悪かったね。それじゃよろしく」

井上くんとは別れの挨拶を済ませて足早に帰宅する。

そして再びダイニングに戻り、膝《ひざ》から崩れ落ちて頭を抱えた。

「嘘だろ？」

「信じる気になった？」

黒葉が見下ろしながら、ドヤ顔と曇《くも》った顔が入り混ざった複雑な表情で言う。

「マジかよ。いや、お前の言っていることは正しかった。確かに他の人には黒葉の姿が猫に見えているみたいだな」

「それだけじゃないわ。さっきの男の人、あたしと手を繋いだ時、猫にお手をされたと言っていたでしょ。つまりは他の人は、あたしは猫に見える人間じゃなくて、本物の猫だって完全に信じ込んでいるの」

「ってことはつまり、井上くんからしたら急に猫がジャンプしてお手をしてきたことになるのか?」

「もしくは自分がしゃがんでしたことになっているのかもね。当人に聞かないとどういった認識になっているか、あたしもわからないけど」

「だが俺は黒葉に腕を摑まれたが、ちゃんと人の感触だったぞ」

「それはあんたにはあたしが人間に見えているからだと思う。あたし自身だって何かに触れてもいつも通りだもん。どうしてこうなっているのか、あたしが一番知りたいわよ」

荒唐無稽《こうとうむけい》な現象だけど、目の当《ま》たりにしたからには信じるしかない。

「念のため確認するが、実は黒葉が猫だってオチはないよな? 俺だけ猫が人間に見えるとか、まさかの逆展開みたいな」

「あたしは正真正銘、どこにでもいる普通の女子高生よ。今は夏休みだけどちゃんと高校に通っているし、友だちもたくさんいるわ」

だよな。逆にこの子が猫だとしても対応に困る。

それにしても、井上くんは黒葉を黒猫だと言っていた。この子の日焼けした肌にその長い黒髪のせいでそう認識されるのかもしれない。

「ちなみに他の人で……、例えばご家族とか友人たちの中に、黒葉が人に見える人はいるのか?」

その問いに黒葉は首を横に振る。

「あんたに言われるまでもなく、真っ先に知人関係には当たってみたわ。残念だけど、今のところ該当者はあんた一人だけ」

うん、そりゃそうだよな。もしもそんな人がいるなら、黒葉もまずはその人を頼っていただろう。

「俺以外には黒葉が猫に見えてしまう現象か。厄介なことこの上ないな。そうなると、これからすべきことは……」

顎に手を当ててしばし考える。

こうなったからには彼女の今後の処遇について、俺の中でもう決定している。

だけど今はまず、切羽詰まったこの現状を打破しないといけない。

う～む。

「ねえ？」

「ん、なんだ？」

「あのね、あんたにとってはホントに迷惑な話になると思うんだけど……」

両手を太ももの間に挟み、何故《なぜ》かモジモジとする黒葉。

これまでの会話から、彼女は遠慮するような性格ではないはずだ。それなのに伏し目がちな表情になって言葉を詰まらせる態度は少々解《げ》せない。

そして意を決したのか、大きく見開いて俺と目を合わせてきた。

「あたし、もう野良猫の野宿生活は限界なの！　外は暗くて怖いし、いつか誰かに酷《ひど》い目に遭わされるんじゃないかってずっと怯《おび》えていて……。でも頼れる人は他にいなくて、しばらくの間でいいんであたしをこちらに泊めてください！」

そう言い放ち、深々と頭を下げられる。

彼女の体は微《かす》かに震え、唇を強く嚙《か》みしめている。まるで、押し寄せる不安の感情にぐっと耐えているようであった。

その様子を見た俺は大きくため息を吐く。

「まったく、真剣な顔をしているから何を言われるかと焦《あせ》ったけど、そんなの聞かれなくても答えは決まっているだろ」

「そ、それって……」

黒葉は恐る恐る顔を上げる。

それはまさに捨てられる直前の猫みたく、俺を潤んだ瞳でじいっと見つめてきた。そんな寂しげな顔をされるとこちらも切なくなってしまう。

「しばらく、じゃなくて、黒葉のその猫に見える現象が直るか、他に頼れる人が現れるまで好きなだけいてくれて構わない」

「えっ！　い、いいの？」

「もしかしてこのまま追い出すとでも思ったのか？　そんな薄情な男に見えるのかよ。かなりショックなんだけど」

「う、うん。だって知らない女の子から急に泊めろって言われたら、普通は困るでしょ？　それに、あんたもなんだか難しい顔をしていたし……」

普通の感性ならそうかもしれないな。だけど俺は少しだけ普通じゃないんだ。

「ああ、それは俺の母さんからの教えでさ、女の子と猫が困っていたら必ず救いの手を差し伸べろってきつく教育されているんだ。特にお前はその両方だしな。だから黒葉の現状を顧《かえり》みるに、助けない選択肢なんて最初から存在しない」

「あ……」

ここで緊張の糸が切れたのか、黒葉がへナへナと床に座り込む。

「ごめん、なんかホッとしたら力が入らなくて。あ、でも、それならどうしてそんな険しい顔をしていたのよ？　勘違いしちゃったじゃない」

「そりゃ今晩の飯の心配くらいはするだろ。生憎《あいにく》、来客なんて予想してなかったから夕飯の弁当は一人分しか買ってないんだぞ」

「そんなくだらない心配してたの⁉　この家にいていいってセリフよりそっちの方が驚きなんだけど！」

「くだらないとはなんだ！　それともお前はそんな状態なのに、ちゃんと飯を食っていたのかよ？」

「それは……」

返事の代わりに、彼女のお腹《なか》から可愛らしい音が鳴った。

「あう」

「ほらな」

「う、うるさいわね！　こんな体になってからはほとんど食事もままならなかったし、手持ちのお菓子しか食べてなかったんだからしょうがないじゃない！」

「はっはっは。これからの生活は大変だろうけど、まずは食って元気になるところから始めないとな」


そんなこんなで、買ってきた弁当とプリンは黒葉に食べさせて、俺は買い置きしていたカップラーメンを食う。

黒葉と話したいことはたくさんあったが、もう夜遅く二人とも疲労困憊であったので、これ以上は頭が働かないと判断した。

続きは明日ということにし、黒葉には隣の寝室にある俺のベッドを使わせ、自分は来客用のかけ布団を出してリビングとしても使っているダイニングにあるソファーの上で寝るのであった。

「ふわぁ～あ。ソファーで横になった割にはぐっすり寝られたな」

ゆっくりと目を開けると、窓のカーテンの隙間《すきま》から外の光が漏れている。

カーテンを開け、時計を見やるともう七時になろうとしていた。

「あいつはまだ寝ているのか。まあ、疲れているだろうからそのままにしとくか。俺は会社へ行く準備をしないと」

まずはスーツに着替えて身だしなみを整《ととの》える。次に朝食を作ろうかと冷蔵庫の中を確認するが、食材はお酒のつまみ程度のものしかなかった。

「しゃあない。買いに行くか」

黒葉を起こさぬよう静かに家を出て、そのまま近くのコンビニへと赴《おもむ》き、食パンに卵、ヨーグルトを購入する。

そして家に戻ると買ってきた食パンをトースターに入れ、卵はベーコンと一緒にフライパンに投入して目玉焼きをサッと二人分作る。

「あの、おはよう。あっ、いい匂い」

香りに釣られたのか、黒葉が起きてきたようだ。

「おう、おはよう。ちょうどいい。悪いがそこの棚からコップと皿を二人分出してくれ。

あと、冷蔵庫の中から好きな飲み物を選んでいいから」

「わかったわ」

意外と素直な性格なようで、テキパキと指示に従ってくれた。

焼き上がったトーストと目玉焼きはテーブルに並べ、コップには黒葉の選んだ牛乳が注《そそ》がれている。こいつも朝は牛乳派なのか。俺と一緒だからこの子とは感性が合うのかもな。

「ジャムかバターでも付けるか？　俺はトーストの上に目玉焼きを載せるけど」

「ふうん、なんかその食べ方って男の人ってカンジ。ならあたしもあんたに倣《なら》ってそうしようかな。それじゃ、いっただきま～す」

しばらくの間は食に没頭する。そして互いにトーストを食べ終わったところで、彼女に向き合ってから口を開く。

「そろそろ話をしようか。黒葉からは色々聞きたいこともあるしな」

「うん。でもその前に一つだけいい？　あたし、あんたのことどう呼べばいいかしら？」

彼女に問われてハッとする。

失念していた。そういや、黒葉にはまだ自己紹介していなかったことを思い出す。

「すまん、すまん。まだ名乗っていなかったな。俺の名は――」

「佐藤康介、でしょ。名前だけなら最初から知っているわ。あんたもあたしのこと呼び捨てにしているし、あたしも康介って呼ばせてもらうわね」

「いやいや、ちょっと待ってくれ」

驚きのあまり、ついテーブルをバンッと叩く。

「どうして俺の名前を知っているんだ？　苗字《みょうじ》は表札に書いてあるし、井上くんにも名乗ったからわかる。けど名前はまだ教えてないぞ」

「それは前々から聞かされていたからよ。あっ、そういえばあたしのフルネームをまだ伝えていなかったわね」

黒葉はコップに残っていた牛乳を飲み干す。コクッと喉を鳴らし、こちらを真正面から見据えてからこう言った。

「あたしの名前は河嶋黒葉。康介の同僚の河嶋涼葉はあたしの姉よ」

それは唐突で衝撃の事実であった。

「黒葉が涼葉さんの妹……？」

突然でつい驚いたが、冷静になって考えてみると意外に納得してしまう。

そもそも前提として、わざわざ黒葉が俺の家に来た理由が不思議だった。女子高生くらいの年齢の危機管理能力が備わっていれば、さすがに全く知らない男の家に転がり込む真《ま》似《ね》なんてしない。する奴はよほどの能天気か魔性の女だ。

だけど黒葉は、見た目こそ涼葉さんと正反対で派手な少女だが、物事はちゃんと考えているようだ。少々強引な一面もあるけど、最低限の礼儀もわきまえている。

「康介のことはお姉ちゃんから話だけ聞いていたの。同期で入社して、一緒の部で働いている最も頼りになる人だって。あのお姉ちゃんが男の人を話題に出すのは初めてだったから、なんとなく名前だけは覚えていたんだ」

「へえ、光栄だな。でも俺の方こそ、何度も涼葉さんに助けてもらってすげえ感謝しているんだ。ちゃんとその旨はお姉さんに伝えておいてくれよ」

「そう……、ね。直接伝えられるようになったら、そうする……」

どうにも黒葉の歯切れが悪い。その様子を見て思い出す。

「あー、そうか。確か黒葉って涼葉さんと喧嘩していたんだっけ？」

「その話、お姉ちゃんから聞いたの？　ええ、そうよ。すっごいくだらない理由で喧嘩して、絶賛家出中です～」

ぷくっと頬を膨《ふく》らまして拗《す》ねる辺りは年相応な態度だ。微笑《ほほえ》ましい。

「でもさ、こうなったら涼葉さんと連絡を取るしかないだろ。涼葉さんにちゃんと事情を説明すればわかってもらえるだろうし、そうすればわざわざここにいる必要もなくなる」

「無理ね。もう直接会ってみて試したけど、お姉ちゃんにはあたしの姿が猫にしか見えなかったわ。必死に呼びかけてみたけど、立ち止まってさえしてもらえなかった。きっとあたしの言葉も『にゃあにゃあ』って聞こえているのよ」

「正攻法だと無理か。だったら電話であればどうだ？　機械を通せば黒葉の声も届くかもしれない」

「あ……、言われてみたらそうかも。お姉ちゃんに気づいてもらえなかったことに愕然《がくぜん》としていたから、それは試していなかった」

「なら早速、電話をかけてみろ」

「うん！」

　黒葉が自分のスマホを取り出して操作する。耳に当て、数秒後にはスマホの向こうから微かに漏れた声が聞こえてきた。ちゃんと涼葉さんに繋がったみたいだな。

「もしもしお姉ちゃん、黒葉だよ！　んっとね、実は今……、えっ、違くて、あたしふざけてなんてない！」

　どうにも雲行きが怪しい。

「あのね、お姉ちゃん聞いて。あたし今、すっごく困ったことになっちゃって………。お姉ちゃん、そうじゃない！　そうじゃ……」

　そして向こうがまだ喋っている様子だが、黒葉は静かに電話を切る。

　悔《くや》しさの感情が隠しきれずに顔に表れ、それだけで失敗であったことを理解できた。それでもなお黒葉は俺に向けて苦笑いを浮かべる。

「あはっ、ダメだった。お姉ちゃんにはおふざけかと思われちゃった。あたし、たまにそういう悪ふざけをしたりするから」

「そうか」

無駄に希望を持たせてしまって、黒葉には悪いことをしてしまったな。

だがしかし、姿だけでなく声も完全に猫として認識されてしまうのか。全く意思疎通が図《はか》れないのは難儀だな。

これは想像以上に厄介な現象かもしれない。

「だったら俺を介して涼葉さんと話をするのはどうだ。あと、そうだ。通話は無理でもREINで文章のやり取りはできているんだよな。黒葉から事前にある程度の説明をしてくれれば信憑性《しんぴょうせい》も増すはずだ」

「あたしもそれは考えたわ。でもそれはダメ。さっきは何も考えずに電話をしちゃったけど、お姉ちゃんにだけは頼れないの。あたしが猫のままでいる限り、やっぱりこの事態の詳細を明かすこともできない」

「何故だ？」

「それは……、ううん、今は話せない。お姉ちゃんにとってあんたが、本当に親しい知人だとしたら余計にね。だから康介も、あたしが猫になっていることをお姉ちゃんに話したら絶対ダメだから」

　理由は定かでないけど、黒葉の瞳には強い意志が感じられる。

　それがわかるまでは、彼女の言う通りにしていた方がいいかもしれない。

「了解した。ところで話は変わるが、名前しか知らない俺ん家《ち》の住所がよくわかったな。それに、わざわざこの家を狙って押しかけたってことは、俺には黒葉が猫に見えていないことも知っていたんだろ？」

「あ、やっぱり気づいていなかったんだ。昨晩さ、康介、お姉ちゃんと一緒に歩いていた時に人とぶつかったでしょ？　あれ、あたしだから」

「あっ！」

　指摘されて気づく。言われてみればあの時の女子高生の制服は、黒葉の着ているものと同じだった。一瞬だったから顔はよく見えてなかったが。

「ぶつかった際に康介、あたしに向かって謝ったじゃない。だから気づいたの。ああ、この人はあたしが人間に見えているんだって。で、康介の家を突き止めたのは単純にあんたの後を追ったからよ」

「なるほど、そういうことか」

　黒葉がインターホンを鳴らしたのは、俺が家に帰った直後だったことを思い出す。

　説明されればなんの捻《ひね》りもない。あそこで黒葉と出会ったのは、一縷《いちる》の望みをかけて涼葉さんに気づいてもらいたかったためだろう。そこでたまたま俺が「見える」とわかった偶然が重なったのだ。

「しかし、黒葉もこんな現象に陥《おちい》ったことさえ不運なのに、唯一の味方がこんな男だっていうのも災難だよな」

「ううん。もしこの世に神様がいるのなら、それだけが唯一、神様に感謝しなきゃいけないことだと思う」

「どういうことだ？」

黒葉は視線を落とし、両手で自分を抱きしめるような仕草をする。

「正直言うとね、あたし、昨夜は不安であまり眠れなかった。これからどうしようって不安もそうだけど、もしかしたらあんたに体を要求されるかもしれないって思ったから」

「なっ！」

それはつまり、俺という男を全く信じていなかったクズ野郎だと断言している。

「もちろん、今のあたしの状況じゃ追い出されるのは困るし、もしも康介が寝室に来ていたらきっと断らなかった。あはは、タダで現役のＪＫを抱けたのに残念だったわね」

「ふざけんなよ。お前が大人に対してどういった感情を持っているかは知らねえけど、あまり人を舐《な》めるんじゃねえ。大切な同僚の妹に……、いや、たとえそうじゃなくてもするわけねえだろ。そんな発想は二度とすんな」

俺は凄味《すごみ》を利《き》かせた声を投げかけたが、黒葉は怯《ひる》む様子を見せない。

むしろ逆に鋭い視線を返される。

「うん、すっごくふざけていたんだって今は自分を叱りたい。だってあんたは見返りを求めることを一切《いっさい》せず、あたしのために心配してくれてごはんを用意してくれたんだもん。でもね、あたしだって無知な子どもじゃないわ。世の中の男の人がみんな善人だなんて楽観視していないし、クソみたいな大人がたくさんいることも知っている。それに、生きてもう一度お姉ちゃんの元へ帰るためなら自分の体を捧げるくらいの覚悟だってある」

「むっ……」

どうやらこちらが黒葉を見くびっていたようだ。

こいつは俺を、姉の知り合いだからと簡単に信用したのではなく、生きるための手段として利用しただけだ。

それは女性特有の強《したた》かさであり、同時に弱さでもある。女の子は弱いから男が守ってあげろと言っていた母さんの言葉がようやく理解できた気がした。

「すまなかった。それで、俺への嫌疑は晴れたと思っていいのか？」

と、黒葉が正座して姿勢を正し、そのまま土下座《どげざ》をしてきた。

「な、何を!?」

「疑ってしまってごめんなさい。あなたはお姉ちゃんの言った通りの人だった。そして、あたしの味方になってくれてありがとうございます」

「お、おい。顔を上げてくれ。俺に女子高生を土下座させて喜ぶ趣味はない」

「あ、そうよね。じゃあ、これでしんみりした話は終わり。もっと楽しい話にしましょう」

顔を上げた黒葉の表情は実にあっけらかんとした明るいものだった。

「ぷっ！　あははははっ！」

これが河嶋黒葉という女の子の魅力なのだと知り、思わず腹を抱えて笑ってしまう。

「ああ、そうだな。そのためにも一刻も早く解決しようぜ。それで黒葉、その猫に見える現象についてだが、どうしてそうなったんだ？　原因くらいはわかっているんだろ？」

「え、知らないわよ。お姉ちゃんと喧嘩して家を飛び出して、しばらくして気づいたらこうなっていたんだもん」

「は？　それじゃどうやって元に戻るつもりだったんだよ？」

「だからこそあんたの知恵を借りたいんじゃないの。高校生なら無理でも、大人だったらそれくらいパパッと解決できるでしょう？」

「できるか！」

「えー、この人使えないんですけど」

手がかりゼロ。こんなのどう考えたってお手上げ状態だ。

だがしかし、どうにかしないといけない。解決しなければ、涼葉さんは永遠に妹と会えなくなってしまう。

「黒葉。お前、今は夏休みなんだよな？」

「そうよ。ちなみに学校の制服を着ているのは、あたしがこの格好を好きだから」

「そいつはどうでもいい情報だが、だったらこの夏休み中に原因を探って元に戻るぞ。今日は仕事もあるし毎日は手伝えないが、どうにか時間を作ってみる。その代わり、黒葉にはウチの家事手伝いをしてもらうからな」

「マジで⁉　うわわっ、超面倒くさい〜」

「面倒とか言うな！　こうなったからには一蓮托生《いちれんたくしょう》だぞ」

こうして母の教えを遵守した俺と、猫に見える不思議な女子高生との共同生活が幕を開けるのであった。

幕間◆河嶋黒葉の後悔

「じゃあ俺は会社に行ってくる。月初めで忙しいから遅くなるかもしれないが、話の続きは帰ってからにしよう」

「わかったわ」

あたしは康介《こうすけ》が出勤するのを玄関先で見送り、扉が閉まると同時に安堵《あんど》の息を大きく吐《つ》いた。

そうして全身の力が抜けていくと、その場にへたり込んでしまう。

「……よかった、よかったよう」

大見得を切って康介へ放った啖呵《たんか》。本音ではあったつもりだけど、あれはあたしの強がりが精一杯詰まっていた。

己の体を捧《ささ》げる覚悟なんて本当はまるでなかった。見た目はこんなでも、初めて結ばれる相手は心から好きだと想《おも》える人でありたかったのだ。

だけど康介はそんな最低な行いをしない。むしろ自分の身を蔑《ないがし》ろにしようとしたあたしを本気で叱ってくれた。

もちろん康介がこれから心変わりする可能性はある。いつかあたしに毒牙を向けるかもしれないし、あたしの存在が邪魔になって家を追い出すかもしれない。

「でもあの人は絶対にそんなことしない気がする」

出会ってまだ一日も経《た》っていない大人の男性だけど、あたしには何故《なぜ》か確信があった。だって康介はあのお姉ちゃんが認めていた人だから。お人好《ひとよ》しではあるけど、人を見る目は確かなお姉ちゃんが信頼している人ならあたしだって信じられる。

「でもあたし、これからどうなるんだろ」

どうにか親身になってくれる味方を見つけられたけど、一方で気がかりな点がいくつもあって、まだお気楽になれる状況じゃない。

まず差し当たっての問題は、姉からのたくさんの着信通知をどうするべきかだ。

「お姉ちゃん……」

一度電話をかけてしまったのは失敗だったかも。あれから康介を見送るまでに姉から何度も折り返し電話がかかってきていた。

あたしは心が弱いから、自分勝手で電話に出ようとしてしまう。それが姉を危機に晒《さら》す行為だと知っていても。

ううん、それだけじゃない。あたしの声が届かないからまた悪戯《いたずら》だと思われて、お姉ちゃんに怒られでもしたらって考えると怖くて身が竦《すく》んじゃうんだ。だからもう二度と電話は使えないよ。

そうして着信を無視したから諦めたのか、それとも康介と同じで出勤時間になったからなのか、電話はピタリと止まる。

「あっ……」

スマホの着信音が鳴った。これは電話でなくＲＥＩＮの通知だ。

差出人はもちろん姉だ。

「『しつこく電話してごめんなさい。でもお姉ちゃんは黒葉が心配だから、せめて連絡だけはして。いつでも黒葉の帰りを待っているからね』って……、悪いのは家出をしたあたしなのに」

後悔の念は気づいてから付きまとう。あたし自身の不安より、お姉ちゃんを不安にさせている方がよっぽど辛《つら》い。そんな権利はないくせに泣きたくなってきた。

だからあたしにできることは、これ以上姉を心配させないようにするだけ。

何事もなかったように、友だちの家で楽しく遊んでいるとＲＥＩＮで送れば、少しは姉も安心してくれるかもしれない。

「あと、そうだ」

文面の最後に、あたしも「ごめんなさい」の言葉を添える。

ちょっとでもお姉ちゃんと仲直りしたいという願いを込めて、ＲＥＩＮの送信ボタンを強く押した。

第2章◆鬱々たる姉妹

「おい、河嶋《かわしま》！　お前に頼んでおいた月次資料が先月の分だったぞ。さっさと昼飯を済ませて午後イチの会議に間に合うように印刷しとけよ」

「は、はい！　申し訳ありませんでした、課長」

「ったく、しっかりしろ。いつまでも新人気分じゃ困るからな。それとな、佐藤《さとう》。お前も会社のパソコン使ってくだらないサイトを見ているんじゃねえよ。だからお前はいつまでもダメなんだよ」

「うぃっす、気を付けます」

「ちっ、最近の若い奴《やつ》らはどいつもこいつも……」

ネチネチと俺たちに嫌味を言い、小太りのおっさんはその場を去っていく。

今は会社でのお昼の休憩中――。

せっかくの有意義なランチタイムなのに、課長のせいで水を差されてしまう。

「相変わらず偉そうに。自分は家で奥さんに頭が上がらないからって、俺たちに八つ当たりをするなってんだ」

「でも失敗したのはわたしだから、課長のお叱りはごもっともだよ。康介《こうすけ》くんもあまりピリピリしないであげて」

隣の席に座っている涼葉《すずは》さんが窘《なだ》めるように言う。

いつも思うが、この人は相手を気づかってばかりで心が疲れないのだろうか。その優しさと慈《いつく》しみをもう少し自分へ向ければいいのにと思う。

「でも課長に賛同するわけじゃないけどさ、確かに今日の涼葉さんはうっかりミスが多いよな。もしかして熱でもあるんじゃないか？」

「ううん、いつも通りよ」

「その割には食欲がないようだけど？」

涼葉さんは細身の体型だが、出るところはしっかり出ているナイスバディの持ち主だ。それはきっと、涼葉さんが女子の平均より食べる方だからだと思う。けど今日のお昼はコンビニで買ったサンドイッチ一つと紙パックの野菜ジュースしか口にしていない。

「あはは、実はダイエット中なの。最近運動不足だし、こうデスクワークだと油断していたらすぐに太っちゃうから。特にお腹《なか》の辺りがプニプニッとね」

おどけた感じで言う涼葉さんだが、そんな暗い表情だとなんの説得力もない。

「それよりも康介くんはさっきから真剣に何を調べていたの？　えっと、何々……、猫にまつわる都市伝説？　ふうん、康介くんって伝奇話とか好きなんだ。ちょっと意外かも」

涼葉さんが俺のデスクトップPCの画面を覗《のぞ》き込《こ》んできた。目と鼻の先まで近づいたので、女の子らしい良《い》い香りが鼻孔をくすぐる。胸がドキドキするのは男だから仕方ないよね。

――って、デレッとしている場合じゃない。上手《うま》く誤魔化さないと。

「いや、この前たまたま見たテレビで特集されていて面白くてさ。涼葉さんはこういう話に興味ない？」

「う～ん、都市伝説って中には怖いお話もあるからわたしは苦手かな。あっ、でも猫関係のお話なら少しだけ聞いたことがあるわ」

その呟《つぶや》きに反応した俺は、クルッと椅子《いす》を回転させて涼葉さんに向き直る。

「それってどんな話？」

「ん～、わたしもそこまで詳しくないけど、確か猫の呪いについてのお話だったよ。なんだっけな、どこかに猫神様《ねこがみ》っていう神様がいて、願い事を叶《かな》える代わりに呪いを与える、そんな言い伝えだったような……」

「うわっ、それだけ聞くと悪魔の契約みたいだな」

「そうね。だからわたしも怖くなって、これ以上は知りたくないから詳細を知らないの」

「ふうむ……」

猫神様の呪いか。なんかオカルトじみてきたな。

だが、まさに黒葉《くろは》にも関連しそうな話だから調べる必要があるかもしれない。

「わたしと違ってあの子なら怖いお話とか好きだから、もしかしたら知っているかもしれないけど……」

「あの子って、涼葉さんの妹さん？」

涼葉さんがコクッと頷《うなず》く。その表情には陰りが見える。

俺がここであなたの妹と同居していると教えたら、涼葉さんは一体どんな感情になるのだろう？

だけど黒葉との約束で涼葉さんにはまだ話せないし、会話の流れ上、事情を知っていながらこんな問いをしなければならないのでどうにも心苦しい。

「妹さん、まだ帰ってないいんだ？」

「ええ。夏休みだし、せっかくだからいろんな友だちの家に泊まるって連絡があったわ。着替えは数日分持っていったみたいだけど、夏休みの宿題は置いてあったわね。新学期が始まる前に慌ててても手伝ってあげないんだから」

「ははっ、涼葉さんって妹さんには本当に手厳しいよね」

「うふふ、こう見えてもスパルタなお姉さんなのです」

その言葉や態度がただの強がりなのを知っているからこそ痛々しく思える。

一刻も早くどうにかしてあげないとな。

繁忙期を乗り越え、しばらくは会社の経理業務にも余裕が生まれる期間だ。今日は久々にノー残業で会社を後にした。

帰宅途中にスーパーへ寄って野菜や肉などの食材を購入し、ついでに女の子が好きそうなタピオカ入りミルクティーも買ってみる。

そうして急ぐと、日が沈む前に家に到着した。

家の扉を開けると、玄関の明かりが灯《とも》されている。社会人となって一人暮らしを始めてから実感したが、誰かが帰りを待っていてくれる現実は本当にありがたい。この光景だけで日々の疲れた心が癒《いや》されていく。

「ただいま」

「おかえり～。連絡通りに今日は早かったじゃない。頼んだもの、買ってきてくれた？」

「ああ。これだろ」

足早に玄関まで迎えに来てくれたエプロン姿の黒葉に、俺はスーパーで買ってきた袋を手渡す。中を見た黒葉が微笑《ほほえ》み、髪の毛がピョンッと跳ねた。

「へえ。康介って女の子に対する気づかいができるんだ。要求以上の結果を出してくれる男はポイントが高いわよ。映えそうなスイーツもあればもっと良かったけど」

「女子高生に褒《ほ》められてもなぁ。まあ食べたいものがあれば次は考慮するから、そいつは食事の時にでも飲んでくれ」

「はいはい。お風呂は沸いているから、夕飯前に入ってきなさい。あ、帰ったらまず手洗いとうがいをするのよ」

「お前は俺のお袋か！」

と、言いつつも黒葉の指示に従ってお風呂に浸《つ》かることにした。いつもはシャワーで済ますので、仕事の疲れが一気に吹き飛ぶ感覚になりなんとも気持ちいい。

お風呂から上がってダイニングに戻ると、香ばしい匂いが漂ってくる。

「ちょうど完成したところよ。康介、今日はお酒飲む？」

「なら一缶だけもらおうかな。それじゃ温かいうちにいただくとするか」

「そうね、いただきましょう」

俺は缶ビールを、黒葉はミルクティーを片手に乾杯した。

テーブルの上にはごはんに味噌汁《みそしる》、卵焼きに肉野菜炒《いた》めが並べられている。全部、黒葉が作った料理だ。

今日で黒葉が我が家に来て三日目となる。この間に知ったことだが、黒葉は意外にも家事スキルが高い。料理だけでなく、掃除や洗濯まで万能にこなしている。

以前、その事実に驚いて訊《たず》ねてみたら……。

「どうせあんたも、あたしみたいなJKは料理とか何もできないって偏見を持っていたんでしょ？　ふふん、お生憎様《あいにくさま》ね。あたしはお姉ちゃんと二人暮らしだし、家事全般は基本、あたしの担当になっているもん。今ではお姉ちゃんより上手にこなす自信があるわ」

と、ジト目で反論された。そしてさらにこう続ける。

「ウチってさ、七年前に両親が離婚しているんだ。それであたしとお姉ちゃんはママに引き取られたんだけど、その肝心のママが仕事人間で放任主義。今でも全国各地を飛び回っているわ。昔はお姉ちゃんがママの代わりに家事をしていたんだけど、あたしが中学生になった辺りでバトンタッチしたの。あの時のお姉ちゃんは大学生で忙しそうだったし、いつまでも頼ってばかりで悪いと思ったから」

「それで黒葉は家事が得意になったのか？」

「うん、そゆこと」

これを聞いた時、素直に感嘆した。

俺はギャルの女子高生って肩書きだけで判断して、こいつも自由気ままに行動するわがままな女の子だろうと決めつけていた。けど実際には、俺が同じ歳《とし》だった頃と比べて立派に成熟した大人の女性だ。

これを機に、黒葉を子ども扱いするのはやめようと密《ひそ》かに誓う。

「今日さ、涼葉さんとちょっと話したんだけど……」

　食事も中盤になったところで切り出してみた。

「黒葉、猫神様っていう神様の話を知っているか？」

「もぐもぐ。猫神様？」

　食べながら話す黒葉。行儀が悪いと思うが、俺は別にこいつの親じゃないし、わざわざ口うるさくする必要はないか。

「ああ。今日の昼休みに猫の都市伝説を調べていたんだ。そしたら涼葉さんが猫の呪いの話を教えてくれて、詳しい内容なら黒葉が知っているかもと言っていた」

「ふうん。もぐもぐ。あんたもちゃんと、もぐもぐ、調べてくれたんだ、もぐもぐ。その点はもぐもぐ、感謝しているわ。もぐもぐ」

「いや、悪い。その前に口に物を入れたまま喋《しゃべ》らないでくれ。話のテンポが乱れてすごく気になる」

　不本意だが仕方なく注意すると、黒葉は口に含んだごはんをゴクンと飲み込んだ。

「そういえば、猫神の噂《うわさばなし》話はどっかで聞いたことあるわね。なんでも、猫に悪さをした人の前に猫神が現れては、その者に罰として呪いをかけるとか。そうして呪われた人は行《ゆく》方《え》不明になったり、中には非業の死を遂げた人もいたらしいわ」

　想像よりキナ臭い話で、思わず唾で喉をゴクッと鳴らす。

「もしかして、お前のその現象ってその猫の呪いに関係しているんじゃ？」

「あはっ、それはないでしょ。だってあたし、猫に悪さした覚えなんかないし、猫神なんて得体の知らない神様にも会ったことないもん。も～、変な冗談言って怖がらせるのはやめてよね」

「そ、そうだな、すまん……」

杞憂《きゆう》なのだろうか？

ともあれ、黒葉が猫になった因果関係が判明していないのなら、これ以上都市伝説の話を追究しても無駄か。

重くなった雰囲気をどうにかすべく、俺は話題を変えてみる。

「そういや涼葉さんとの話でもう一つ思い出したが、黒葉がちゃんと夏休みの宿題とかしているのか心配していたぞ。確かお前って高二だったろ？　進路も考えないといけない時期だし、大学受験するなら教科も絞って勉強しないといけないんじゃないか？」

「うっ」

黒葉が言葉を失って俯《うつむ》く。ごはんを持ったままの箸《はし》が止まり、心なしか挙動不審になっているように見える。

「まさか黒葉、将来のこと何も考えてないとか言わないよな？」

「あたし、思うのよね。人ってさ、学力だけが全てじゃないのよ。よく言うじゃない。数学で使う公式を覚えることや、歴史で昔のことを辿《たど》ったところで、将来何の役に立つのかって」

「いや、勉強自体は大学受験や就職活動に繋《つな》がるから非常に役立つだろ。それとも女子高生がよく行くショッピングやカラオケが将来何かの役に立つのか？　アイドルや俳優を追っかけていると将来そいつと付き合えたりするのか？」

「わかんないじゃん！　カラオケやっていたら才能が開花してミリオン歌手になれるかもだし、芸能人を追いかけていたらその人の目に留まって求婚されて玉《たま》の輿《こし》に乗る可能性だってあるでしょ！」

「勉強嫌いの男子中学生が言いそうな反論だな。プラス思考なのは素晴らしいが、世の中の人間がそんなお花畑の思想だったら地球は滅亡するぞ」

「うぐぅ、マジレスはやめて……」

しゅんと萎《しお》れるこいつの姿を見て俺は確信する。

「まあ仕方ないか。黒葉、あまり学校の成績良くないもんな」

「な、なんであんたがあたしの成績を知っているのよ⁉　あっ、さてはお姉ちゃんから聞いたんでしょ⁉　女の子のプライバシーを探るなんて最低！」

「馬脚を露わしたな。そんな情報、涼葉さんから聞いてねえよ。カマをかけただけだ」

「こ、この卑怯者《ひきょうもの》！」

「勉強をしてこなかったお前が悪い」

黒葉は悔しそうに顔を赤くして睨《にら》んできた。

それにしても、勉強面に関してはイメージ通りのギャルJKなのかよ。黒葉を大人な女性と認識を改めた件については撤回しとこう。

「話を戻すが、つまり黒葉は夏休みの宿題を全くやっていないんだな？」

「そりゃあね。あたしも家出は二、三日中で終える予定だったし、まさかこんなことになるとは思ってなかったもの。あの時はお姉ちゃんとのことでイラついて適当に服や化粧品をバッグに詰め込んだだけで、宿題は頭の片隅にも置いてなかったわ」

「いや、高校生にもなったら少しは頭に入れとけよ」

「だって、しょうがないじゃん！」

黒葉がこの家に来た時にボストンバッグを持っていたが、さすがに女の子の持ち物ということで中身は確認してない。

勉強道具を一切《いっさい》持ってこないのは学生としてどうかと思うが、普通の高校生ならこんなものか。俺も当時、宿題は休みギリギリに終わらせていたしな。

むしろ、このような状況下でも化粧品を持ち歩く女の子は、男に比べて図太い神経をしており感心する。

「でも、そうよね。数日中にこの現象が終われば問題ないけど、長期になることを考えておいた方がいいかもしれない。お姉ちゃん、こういう家出とかはまだ寛大で許してくれるけど、テストで赤点取ったり学校で問題を起こしたらすっごい怒るから」

「怒る？　あんなに穏和そうな涼葉さんがか？　いやいや、それはないだろ」

涼葉さんと出会ってから一年以上経過しているが、彼女が怒っている姿を実際に目にしたことがない。あの人は喜哀楽だけの感情しか備わっていない天使みたいな女性だ。

「甘いわ、康介。本気で怒ったお姉ちゃんはまさに鬼と化すのよ」

「ははは、鬼ってそんなバカな……、え、マジで？」

全くイメージがわかない。涼葉さん自身もスパルタな姉と言っていたが、てっきり冗談かと思っていた。

「だから康介、あんたにちょっと協力して欲しいことがあるのだけど」

「協力？」

「ええ。一度、ウチに戻るから一緒に付いてきてもらいたいの」

●

翌日の土曜日。

会社も休日ということもあり、昼過ぎになってから黒葉と共に電車に乗り、我が家から一駅離れた隣町を歩いていた。

目的はもちろん河嶋家に行くためである。

「なあ、黒葉。やっぱりこれは恥ずかしいんだが……」

「いい加減慣れなさい。あたしの方が不本意なのよ」

俺は今、黒葉と腕を組みながら歩いている。

勘違いしないでもらいたいのは、女子高生とキャッキャウフフな展開を堪能《たんのう》したいわけではない。こうしていると他の人には、俺が猫を抱き抱えながら歩いているように見えるので、あえてこんなカップルの真似事《まねごと》をしている。

「てゆーか康介、もっと嬉《うれ》しそうにしたらどうなの。あんたみたいなおじさんがこんな美少女と一緒にいたら、普通は裸踊りしたくなるくらい喜ぶところよ」

「そんなわけあるか！　そもそも俺はまだおじさんと言われる年齢じゃないし、せめてお兄さんと呼べ」

「へえ、康介って年上好きとか言っていたけど、実は妹属性なんだ。あはっ、これからは康介のことお兄ちゃんって呼んであげようか？」

体をクネクネと揺らしながら上目《うわめ》づかいをする黒葉。甘えているのか誘惑しているのか区別がつきにくいが、どちらにせよ全然興奮はしないな。

「いや、黒葉にそう呼ばれても、どうもピンと来ないぞ」

「ありゃ、お兄ちゃんだと普通過ぎるのかな。ならお堅い委員長風に兄さんはどう？　それとも清楚《せいそ》なお嬢様風にお兄様とか？」

「うおっ、なんか鳥肌が立つからやめてくれ。……そうか、わかったぞ。黒葉って妹らしくないんだよ。俺、もしもこんな妹がいたら可愛《かわい》がる自信がねえもん」

「なんでよ⁉　あたしは紛れもなくお姉ちゃんの妹なのに！」

妹であることを否定されて反感を買ったのか、むぎゅっと腕を抓《つね》られる。地味に痛い。

とにかく俺たちがしているこの遺憾《いかん》な行動は、あれから黒葉に起きた現象の検証をして、隠された法則を発見した上での行いだとわかってもらいたい。

その法則とは、まず大前提として他の人に黒葉がどういった感じで見えてしまうかについてだ。不思議なことに黒葉の着ている服は認識を阻害され、手に持った鞄《かばん》や身に着けた装飾品などは猫用のアクセサリーとなり、自然な装《よそお》いをした黒猫と映る。これは猫に見えることを重要視しているためと仮定した。

次に誰かと接触している場合だ。黒葉が俺の肩に手を置いた時、それを見た人は猫が俺の肩に乗っかっていると解釈した。これもおそらく、人と猫が触れ合う自然な形に見え方が変化しているためだろう。

おおまかに把握できたのはこんなところか。

ちなみに余談だが、この法則があったからこそ黒葉を電車に乗せられた。猫を電車に乗せるには本来猫用のケージやキャリーバッグなどに入れなければならず、単身乗りこんだ黒葉を見た乗客たちが騒ぎ出してしまった。だけど黒葉が俺の腕を組んだその瞬間、何事もなかったように静かになったのだ。そこで隣に座っていたご婦人に俺たちをどう見えるのかさりげなく訊ねてみると、「前に抱えた猫用リュックから黒猫が顔を覗かせている」とのことらしく、ついでに「可愛い黒猫ちゃんね」と褒められた。

そして電車を降りた現在も腕を組んだままの理由は、そうしないと通行人——特に子どもや若い女の子——が黒葉を野良猫と勘違いして興味本位に近づこうとするからだ。なので仕方なく、これは俺の飼い猫だとアピールするために画策したわけだ。

しかし白昼堂々くっ付いて歩くのはどうしても照れと自己嫌悪が生じる。幾人もの人に見せつけるように男女で密着するのは、俺が毛嫌いしていたバカップルがやる所業だから。

「あ、ここよ」

そんなわけで精神的にドッと疲れたものの、ようやく目的地に辿り着いた。

「ほほう、ここが涼葉さんと黒葉の家か……。でかいな」

河嶋姉妹の家は二人で住むには立派過ぎるほどの一戸建てであった。土地だけ目算しても百坪くらいはありそうだ。

さすがにまだ社会人二年目である涼葉さんの収入では、購入はおろか賃貸も無理そうな物件だ。多分、仕事人間と言っていた母親の名義なのだろう。

「それでこれからどうする？　とりあえずインターホンを鳴らして涼葉さんを呼び出してみるか？」

「ううん、もう手は打ってあるから大丈夫よ。実はREINで用があるからってお姉ちゃんを駅前の喫茶店に呼び出していてね、さっきチラッと見たけど店内にいたのを確認したわ。家の鍵は持っているし、鬼のいぬ間に宿題を回収してくる」

「え？」

　黒葉のその物言いに違和感を覚えた。少し怪訝《けげん》な顔となる。

　すると俺の表情を見た黒葉がこう言ってくる。

「あ、もちろんお姉ちゃんを騙《だま》したことについては申し訳なく思っているわよ。予定を済ませたら、すぐ行けなくなった旨のメッセージを送るから安心して」

「いや、そうじゃない。俺が言いたいのは、このまま涼葉さんに会わなくていいのかってことだ。まだ猫になった現象の原因を突き止めていないが、もしかして今はその効果も切れて黒葉の姿がちゃんと見えている可能性もあるだろ？」

「……その可能性は皆無ね。だって他の人にはまだあたしが猫にしか見えてないようだし、お姉ちゃんだけ改善されたとは到底思えないもん」

　黒葉は素っ気ない態度で言い切る。

その言い分は正論だが、自分から希望を削《そ》ぐ行為をするのはやはりおかしい。

「とにかく、家へはあたし一人で入るから、康介はお姉ちゃんが帰ってこないか外で見張っておいて。万が一、お姉ちゃんの姿が見えたらすぐに連絡すること。そしたら見つからないように裏口から脱出するから」

「わ、わかった」

「任せたわよ」

そう言い残し、黒葉は自分の家の中へさっさと進入していく。仕方なく俺は河嶋家の門の前で塀に寄り掛かるようにして待機することにした。

正直、涼葉さんが帰ってきたらどうしようか迷っている。黒葉はすぐに知らせろと言っていたが、一度くらいは顔を合わせるべきではないのかと考えてしまう。

「どうすっかな」

だがそれも杞憂に終わり、十分足らずで学生鞄を肩からかけた黒葉が家から出てきた。

「もういいのか？」

「うん。宿題にあと他には替えの下着とか持っていくだけだから。あっ、その顔はあたしの下着を想像したでしょ？　康介ったらエッチいんだ」

「んなことしねえよ。大人の男はな、お子様パンツなんか興味ないんだ」

「ふ～ん、今の高校生がどんな下着を穿《は》いているのかなんて知らないくせに。ねえ、あんたがどうしてもってお願いするなら、ここでスカートを捲《めく》ってもいいわよ」

「アホか。そんなセリフはもっと涼葉さんみたいに魅惑的な女性になってから言え」

「あ〜、はいはい。どうせあたしはまだ胸が発展途上のお子様ですよーだ。どうせ康介もお姉ちゃんみたいな巨乳が好きなんでしょ？　これだから男は……」

「……まあ、否定はしない」

　この世におっぱいが嫌いな男など存在しない。もちろん小さい胸にも魅力はあるけど、俺くらいの年齢だとどうしても大きい方に目が向いてしまう。

　黒葉が頬を膨《ふく》らましてジトッとした視線でこちらを見ているが、あえて無理にフォローの言葉はかけない。どう取り繕っても言い訳にしかならないからな。

「それよりも黒葉。もう一度訊《き》くが、本当に涼葉さんに会っていかなくていいのか？」

「……いいの。お姉ちゃんへはさっき連絡したし、リビングのテーブルの上に伝言メモも残しておいたから」

「そうか」

　ここまで頑《かたく》なに拒否されてしまっては、これ以上無理《むりじ》強いしても逆効果だろう。

　またいずれ会わせる機会もあると思うし、今回はこの辺でお暇《いとま》しておこう。

●

そしてその帰り道。最短で駅に向かうと涼葉さんとバッタリ出くわす可能性があるから、黒葉の提案で遠回りのルートを使うことになった。

「ねえ、康介。さっきから物珍しそうに風景を眺《なが》めているけど、もしかしてこの街に来たのって初めて？」

「ああ。今の家に引っ越してからまだ一年とちょっとだし、しかも最近は忙しくて家と会社の往復だけで終わっていたからな。だから普段は最寄り駅周辺しか出歩いていない。ここは一駅しか離れてないが、逆方面に行けばもっと大きな駅があるし、何か買いたいものがあったらまずそっちへ行く」

「ま、そうよね。ぶっちゃけあたしだって康介の家がある隣の駅にはあまり降りたことないもん。この街ってママとパパが離婚して引っ越したから、もう七年になるんだ。あたしはすぐに気に入ったし、ここも悪くないでしょ？」

「そうだな。駅前の商店街は大抵の店が揃《そろ》っていて便利そうだし、住宅街周辺は自然が多く静かで良い場所だと思う。涼葉さんや黒葉が育った場所だって頷けるよ」

会社へ徒歩で通えることもあり今のアパートに決めたけど、利便性を考えるとこの街でも良かったかもしれないな。

そしてしばらく歩いて住宅街を抜けると、一風変わった古い建物が見えてきた。

「あれは……、神社か？」

真《ま》っ赤《か》な鳥居《とりい》とその傍《そば》に狛犬《こまいぬ》、ではなく狛猫が並んでいる。そして鳥居の奥には石階段があり、その上に赤を基調とした神社が建てられていた。

「ん？」

しかし俺が目を奪われたのは神社ではなく、石階段に座っていた人物である。

それは幼女と呼んでもおかしくない年齢の女の子。しかも金髪碧眼《へきがん》に巫女《みこ》装束《しょうぞく》の姿であり、まるで何かのアニメのコスプレをしているみたいな外国人美少女だ。

「お……」

つい凝視してしまったので向こうにも気づかれる。だが金髪少女は怖がるのではなく、可愛らしい笑顔で手を振ってきた。

俺もつい反射的に手を振り返す。

「康介、ボケッと突っ立って何してんの？」

「いや、あそこにいる……、ってあれ？」

先に進んでいた黒葉に声をかけられ、一瞬だけそっちへ目をやる。そしてすぐ神社に視線を戻すが、さっきまで階段に座っていた巫女少女が消えたようにいなくなっていた。

「ああ、霧戸《きりと》神社ね。ここってあんまり大きくないし、何の神様を祀《まつ》っているのかわからないから地元でも知名度がないのよ。どんなご利益があるのかもわからないし、あたしと

お姉ちゃんだって初詣《はつもうで》とかで数えるくらいしか来たことないわ」

「ほ～ん」

　確かによく見れば神社や鳥居もややボロく、手入れが行き届いているように思えない。さっきの少女が本物の巫女かどうかも判断が難しい。

　ここの神主さんは大変だな、と思いつつも素通りしようとしたところで、不意に背後から声がかかった。

「あれ、もしかして康介くん？」

　聞き覚えのある声にバッと振り返る。

　一瞬、誰だかわからなかった。それはいつものＯＬスーツではなく、黒ニットにデニムパンツのラフな私服姿での登場だったからだ。

「えっ、ええっ！　す、涼葉さん！」

　正体が判明し、つい二度見してしまう。

「あら、そんなにビックリすることもないでしょう？　でも、本当に康介くんだ。こんなところでどうしたの？」

「あ、その、ちょっとぶらりと散歩を……」

「散歩？　でも康介くんの住むところからかなり距離があるはずだけど、まさかここまで歩いてきたの？」

「う……」

言葉に詰まる。涼葉さんは不思議に思っているのか首を傾《かし》げている。

ちなみに黒葉は素早い動きで俺の背後に隠れていた。

「そ、それよりも、涼葉さんこそどうしてここへ？」

「うふふ、おかしな質問。どうしても何も、だってここはわたしの地元だもの。家だって近くにあるのよ」

「そ、そうなんだ」

知っています。だってついさっきまであなたの家に寄っていましたから。

——その真実を告げずに心の奥底に隠していると、

「くしゅんっ！　くしゅんっ！」

突如、涼葉さんがくしゃみをし始め、慌ててハンカチで口元を押さえた。

「だ、大丈夫、涼葉さん？　そういや昨日も調子悪そうにしていたし、やっぱり風邪とかなんじゃ……」

「ううん、平気。もう～、きっと誰かがわたしの噂をしているのね」

そんなおちゃらけた感じで言う涼葉さんだが、顔色がやや赤いような気がする。

そういや、前にもこんなことがあったような。

「もしかして犯人は妹なのかも。実は今日ね、その妹に駅へ呼び出されたんだけど、あの子ったら約束をすっぽかして来なかったのよ。だから仕方なく帰ろうとして、でも途中で今回はいつもより外泊が長いからちょっと心配になったんだ。だからね、これから妹の無事を祈って神頼みでもしようかなって」

なるほど。涼葉さんも一直線に家に向かうのではなく遠回りしてここへ来たから、運悪く鉢合わせしてしまったのか。

しかしこれは逆に、涼葉さんを黒葉に会わせる絶好の機会なんじゃないか？　うん、そうすべきだ。

「けれどまさか康介くんに会えるなんてね。そうだ。もしよかったら、神社に寄った後にわたしの家でお茶でも……」

俺は意を決し、背後にいる少女を前に出してみた。

「涼葉さん、何も言わずこの子を見てくれ！」

「ちょ、ちょっと康介！　ダメ――ッ！」

望むことは涼葉さんが黒葉にちゃんと気づいてくれること。その上で姉妹喧嘩《げんか》のイザコザも水に流し、また仲良くなってくれたらと切に願う。

だが、実際は思いもよらない展開となる。

「ひっ、猫！」

「す、涼葉さん？」

先ほどまで穏やかな表情で妹の安否を心配していた涼葉さんの顔が一瞬にして青ざめ、何かを恐れ戦《おのの》く感情の瞳へと変わる。

そしてその視線は、あれだけ想《おも》っていた最愛の妹へと向けられていた。

「涼葉さん、どうしたんだよ。この子はキミの――」

「けほっ、こほっ！　ご、ごめんなさい。わたし、用事を思い出したからもう行くね」

「あっ……」

涼葉さんは止める間もなく、咳《せ》き込《こ》みながらこの場から逃げるように走り去っていく。

「一体、どうしたんだ？　なあ黒――っ！」

残された俺は事情を訊ねようと黒葉の顔を見ると、思わずギョッとする。

それは絶望とも放心とも取れる虚《うつ》ろな表情。ただ漠然と、走る姉の後ろ姿をぼんやり見届けていた。

「あ～あ、やっぱりこうなっちゃったか」

黒葉がポツリと呟く。

「なあ、黒葉。涼葉さんはどうしてあんな態度になったんだ？　あれじゃまるで、お前を避けているようだったぞ」

「はぁ～、まあバレちゃったんならしょうがないわね。この際だから白状しちゃうけど、お姉ちゃんって猫アレルギーなんだ。だから、猫が視界に入るだけであぁやって距離を取ろうとする」

「猫アレルギー？」

それなら俺の友人にもいたから症状は大体知っている。友人は猫と接触しただけでくしゃみや鼻水、そして蕁麻疹《じんましん》が止まらなかった。猫自体は好きなのに、撫《な》でることができなくて残念がっていたのをよく覚えている。

「しかもお姉ちゃんの場合、猫の毛に触れたら呼吸困難に陥《おちい》るほど重度なの。まだアレルギーだって知らなかった小さい頃、それで一度死にかけたこともあるくらいよ。だからお姉ちゃんにとって猫は愛玩動物じゃなく、ただ自分を危険に晒《さら》す細菌兵器に近いと思っているのね」

「兵器……」

それが真実なら、さっきの黒葉への態度は納得の行動だ。黒猫に見えてしまう妹の姿に恐怖し、己の身を守るためにこの場を後にしたのだろう。

「俺、涼葉さんがそんな辛《つら》い思いをしているなんて全然知らなかった。悪いことをしてしまったな」

「しょうがないわよ。だってお姉ちゃん、周りの人に特別な目で見られたくないからって一部の人にしか話してないもの。知れば、人ってどうしても意識しちゃう。例えばさ、これからお姉ちゃんと一緒に外を歩く際に康介はどうする？」

「そりゃ周囲に猫がいないか気を配るな。……ああ、そういうことか」

「そう。お姉ちゃんは人から特別扱いされることを極端に嫌う性格なの。しかもその人が大切な人であればあるほど迷惑をかけたくないと思っちゃう。だから猫アレルギーのことや親が離婚しているとか、気をつかわせるようなことは誰にも知らせていないはずよ」

会社の同期で、誰からも好かれるような優しい女性。

俺は彼女のことをまるで知らなかったのだと打ちのめされた。

「だったら尚更《なおさら》、黒葉に起きた現象については知らせるべきだろ。猫が苦手なのはわかったけど、妹の無事さえ知れば少しは涼葉さんの心が安らぐはずだ」

「ホント、お姉ちゃんがそーいう単純な性格ならあたしも気が楽だったのにね」

黒葉はそう言って小さく苦笑する。

「さっき家の中に入ったけど、お姉ちゃんったらあたしのお昼ごはんを用意していたわ。それだけじゃなく、あたしの部屋が綺麗《きれい》に掃除されていたり、宿題もあたしが嫌いな数学の問題をわかりやすく解説してまとめてくれていた。きっとあたしがいつ戻っても平気なように準備してくれていたのね」

「立派なお姉さんじゃないか。お前、すごく愛されているぞ」

「うん、あたしの自慢の姉よ。だからさ、あたしが猫になったと告白してもお姉ちゃんは信じてくれて、親身になってまた一緒に暮らしてくれるでしょうね。あたしだってホントはそうしたい。でもそれは、あたしが単に猫に見えるだけならって話よ」

そこまで言われて俺はハッとなる。

「そうか……。黒葉の身に起きた現象は、おそらく猫の体質まで影響を及ぼしている」

「まだ不明な点もあるから、今のあたしの体に猫の体質があるのかわかんない。でもこうなってから何回かお姉ちゃんの前に姿を現したけど、お姉ちゃんはさっきみたく頻繁《ひんぱん》にくしゃみをしていた。たとえ姿を見せなくても、近づいたら同じだったわ。でね、思ったの。お姉ちゃんにはあたしが悪魔みたいに見えているんじゃないかって」

「そんなに自分を卑下した言い方をするな。だが先ほどの涼葉さんは明らかに苦しんでいたな。つまりはそういうことか」

黒葉はゆっくりと頷いた。

「あたしが偽の猫だと説明すれば、思い込みは解けて猫アレルギーが起きなくなるかもしれない。でもそうじゃなかったら怖いのよ。あたしのお姉ちゃんって、自分が危険に晒されていると理解しても、妹のためなら命を張りかねない人だから」

姉の命を危険に晒してしまうかもしれない。

だからその可能性を危惧していた黒葉は、自分の陥っている状況を涼葉さんに伝えようとしなかったのだ。自分がどんな辛い状況に置かれても、大切な姉を守るために。

互いが互いを気づかっているから離れなければならない。姉妹の絆《きずな》が強いからこその現状が生まれたのはなんとも皮肉な話だ。

「ちょこっとだけ期待したけどダメだったかぁ。まあしょうがないよね。それじゃ康介、あたしたちもそろそろ帰りましょう」

黒葉は努めて明るい口調でそう言ってくる。

一人きりで寂しくないわけがない。姉に避けられて悲しくないわけがない。

どんなに気が強くても、黒葉はまだ誰かに甘えたい普通の高校生なのだから。

だからと言って、一緒になって暗い顔をしてしまったらそれこそ本末転倒だ。こいつの頑張りが無駄になる。

結局、俺が黒葉にできることは些細《ささい》なものしかない。

「そうだな。そして帰ったら宿題でもするか」

気づいたら黒葉の頭をポンポンと叩《たた》いていた。

「は？　今日は宿題なんかするテンションじゃないんだけど。もっと空気読んでちょうだい。ていうか、髪が乱れるから人の頭に気安く触らないで」

「はっはっは、照れるな照れるな」

「照れてなんかない！　ああ、もう、いいからとっとと帰るわよ。こうなったら宿題は康介にも手伝ってもらうから覚悟してよね」

「ああ、今は俺が涼葉さんの代わりだからな。甘えたくなったらいつでもお兄ちゃんって呼んで構わないぞ」

「嫌よ！　もう絶対にあんたを兄呼ばわりしてやるもんか！」

黒葉はプイッと顔を背《そむ》けながらも、俺の手を取り引っ張っていく。

ふと俺は天を仰《あお》ぎ、真《ま》っ青《さお》の空を見ながらこう呟いた。

「まったく、女の子と猫は気まぐれだな」

幕間◆猫としての一日

「はい、鞄《かばん》。それじゃいってらっしゃい。お姉ちゃんによろしくね」

「おう、いってきます。留守番よろしく頼むな」

あたしの一日はこうしてこの家主を見送ることから始まる。

もう日課になりつつある行為であるけど、男性との暮らしに慣れてないから未《いま》だにちょっぴり緊張してしまう。でも癪《しゃく》だから、このことはあいつには内緒なの。

「さて次はっと」

康介《こうすけ》を見送った後は、朝食の皿洗いに洗濯、部屋の掃除を開始する。

家事をするのは比較的好きだ。面倒でサボりたい時もあるけど、過ごす空間が綺麗《きれい》になると心もクリアになるから。

しかしこの家に来てから、洗濯だけが鬼門となってしまう。その理由は、あいつのパンツを手に取ると動悸《どうき》が激しくなってしまうからだ。

べ、別にエッチなことを考えているわけじゃないわ。ただ、男の人の下着って自分のと違うから、つい興味本位でまじまじと見てしまうだけよ。

「あ、これ、三日前にも見た青のボクサーパンツだ。あいつ、下着のストック少ないのかしら？」

あたしは可愛《かわい》いランジェリーがあればついつい買ってしまうけれど、男の人ならこんなものなのかな。男と付き合ったことがないお姉ちゃんはきっと知らない知識だろうし、今度教えてあげよっと。

「んんっ、このまま凝視していたらただの変態よね。てい！」

康介のパンツを洗濯機に投入。洗剤を入れてスイッチを押した。

「ふう。なら次は……」

こうして、あたしはまるで新妻《にいづま》にでもなったかのように家事をこなす。しかも今日は予定もあるから夕飯の下ごしらえも早めに済まし、午前の時間帯を過ごした。

●

「さあ、今日こそは手がかりを摑《つか》んでやるんだから」

あたしは並々ならぬ決意を秘めて外に出る。

念のため、康介から家のスペアキーを預かっておいて良かった。行動を制限されてはいないけれど、一人で出歩くのは危険だからと止められているからだ。実は今日の外出も康介には秘密にしている。

「てかあたし、いつになったら元の生活に戻れるんだろ。はぁ～あ」

独り言をボヤいて大きなため息を吐《つ》く。

正直、康介には本当にお世話になっているし感謝もしている。こうしてあたしが平穏に暮らせるように気をつかってくれるし、忙しい仕事の合間、猫に見えてしまう現象の原因を調べてくれたりしている。

お姉ちゃんと同じ職場だからその大変さも理解しているつもり。だってお姉ちゃん、毎日疲れた顔をして家に帰っていたもん。でも、あたしに向けてお仕事のことを愚痴ったりしたことは一度もなかったな。

「あの二人、ちょっと似ているのよね」

お姉ちゃんと康介は、自分を第一ではなく他人を思いやる人種だと思う。でもそういう人は仕事でもプライベートでも常に損をしてしまう。

だからなのかな、康介と対峙《たいじ》してもたまにお姉ちゃんといる感覚になっちゃうんだ。

「ってそんなことより、あいつが帰る前にさっさと調査しないと」

昨夜、夕食の時に康介から興味深い話を聞かされた。

なんでも、最近この近所で複数の猫が集会しているとネットで噂《うわさ》になっているらしい。

しかも野良猫だけでなく、飼い猫も集まるのだとか。

あたしは猫の生態をよく知らないし、これって普通に猫の習性かもしれない。けれどその集会が噂になった時期はあたしが猫化してしまった少し前なので、この現象と何か関係があるのではと勘ぐってしまう。

康介からは、今度の休みにでも一緒に調査しようと言われていた。でも土日になるまで待てないし、さすがにあたしのことで会社の有休を取れとも言えない。

大人って大変よね。お姉ちゃんや康介みたいにハードな生活を送るなら、あたしはまだ子どものままでいいや。

「えっと、確か駅前の裏路地に入った奥の空き地だったわよね。駅前か…………、気を付けなきゃ」

人が猫の姿に見える。

これだけで、あたしの日常は命の危機に晒《さら》される死活問題となった。

まず一番の危険は乗り物だ。

「きゃあっ！　こ、この……、どこ見て運転してんのよ！」

あたしは危うく背後から来ていた自転車に轢《ひ》かれそうになる。乗っていた若い男の人はあたしに謝罪するでもなく、何事もなかったように過ぎ去っていく。

こんな風に車や自転車による交通事故になりかけたことが何度もあった。しかも黒猫って影に同化しやすいみたいで、人通りの少ない道だとドライバーもあまり注意しないで運転する。

だけど人が多い場所を歩けば、それはそれで危険な場へと変貌《へんぼう》してしまう。

「うわ、黒猫じゃん。やば、不吉じゃね？　ウチら呪われっかも」

「んなことねーって、つか尻尾《しっぽ》にシュシュとか巻いてて可愛いじゃん。ねえ、あいつ捕まえて撮ろうよ。ＳＮＳに上げればバズるっしょ」

「ありよりのあり〜。んじゃそれ、採用な」

大通りを歩いていると、あたしより数段バカそうなＪＫギャル二人に囲まれる。

「あ〜あ、変なのに見つかっちゃったな」

あたしが言うのもなんだけど、そんな暇があるなら夏休みの宿題でもしてろっつーの。

「ちょっ、猫ちゃん待って〜」

捕まったら厄介なことになりそうなので、あたしは一目散に逃げだした。

とまあ、猫は女や子どもに大人気の生き物みたい。油断しているとあいつらは家に連れ込もうとしてくる。今のあたしからすれば監禁しようと企《たくら》む誘拐犯だ。

なんかもう、暗殺者のターゲットにされた気分よ。猫だと食べ物も買えないし、もしも食料を盗もうものならお魚咥《くわ》えたドラ猫状態になってしまうわね。

つくづく、康介に出会えて良かった。

「ここね」

四苦八苦しながらも目的地に到着。あたしは陰からこっそり覗《のぞ》き込《こ》む。

噂通り、あまり人が寄り付かない空き地に何匹もの猫が集まっていた。にゃーにゃーと鳴き声はわずらわしいけれど、何故《なぜ》か猫の統制は取れていて、まるで学校の朝礼のように整列している。

「壮観ね。それにしてもあの猫、何なのかしら？」

猫たちの視線の先にいるのは金色の毛並みを持つ一匹の猫。あの猫だけ異様に貫禄《かんろく》というか存在感がすごい。あたしも自分が猫になったせいか、本能的につい目を奪われる。

と、金の猫に見惚《みと》れていると――。

「ふにゃあ」

あたしに甘えるように、一匹のブチ猫が足に絡《から》んできた。

「ちょ、ちょっと……」

「うにゃ、んにゃーお、にゃにゃん」

猫はペロペロと足を舐《な》めてきて、終《しま》いには腰まで振ってくる。

ま、まさか発情しているの？　もしかして動物にもあたしが猫に見えてるの？

「冗談じゃないわよ、エロ猫！　人間のイケメンならともかく、こんな獣なんかに犯されてたまるもんか！　この、離れろ！」

あたしは足を動かして猫をどかそうとした。だけど猫は足に必死にしがみつくから、あたしもつい力を入れてしまう。

「あっ……」

そしてブチ猫はサッカーボールみたいに吹っ飛び、塀の壁にぶつかり喚《わめ》き声に近い鳴き声を発して倒れ込む。

「やばっ！」

一瞬慌てたけど、猫はヨロヨロと起き上がった。ホッと胸を撫で下《お》ろし、介抱しようと近づこうとしたその時だ。

『罪人《つみびと》よ。お主は再び罪を重ねるのか』

どこからか脳内に響いてくる。優しそうな、だけど怒気も感じられるそんな女の声だ。

「な、何？　一体誰よ？」

見回しても誰もいない。幻聴だったのかもしれない。

あたしはそう思い再びブチ猫に目を移すと、そこには衝撃の光景が広がっていた。

「「「ふしゃーっ！」」」

猫、猫、猫……。

空き地に集まっていた猫全員が威嚇《いかく》の声を放ちながらあたしを睨《にら》んでいる。

「ちょっと、何なのよ……」

猫たちがあたしを敵視しているのは明らかだ。これだけの猫が一斉に襲いかかってきたら、さすがに無事では済まないだろう。

『罪人よ、立ち去れ。さもなくば……』

また幻聴？

「くっ、一旦引くしかないわね。でもあたしは絶対に諦めないんだから。あんたたち猫に振り回されるのはもうごめんよ。いつか見返してやるから覚えておきなさい」

イラッとしてつい小悪党みたいな捨《す》て台詞《ぜりふ》を言ってしまう。

そして去り際、あの金色の猫があたしを見てあざ笑ったように感じた。

なんかムカつく。

「ただいま。……おわっ、なんだ、そのどんよりとした顔は⁉」

「おかえりなさい。今日は残業だったのね。お疲れ様」

「お疲れ様って……、お前の方が心底疲れた顔をしているんだが？」

会社から帰宅した康介が、あたしの様子を見てそう言った。

そんなに酷《ひど》い顔をしているのかしら。

「何もないってば。それよりもごはんにする？　お風呂にする？　それともあたし？」

「いやいや、追い込まれるくらい相当擦り減っているじゃねえか！　黒葉《くろは》こそ風呂に入った方がいいんじゃないか？」

「あたしはいい……。先に横になって休ませてもらうから。悪いけど、用意したごはんは自分で温めて食べてね」

「そ、そうか。じゃあおやすみな。黒葉もゆっくり休めよ」

フラフラとなりながらベッドにダイブする。もう限界だった。

結局、あれから数匹の猫に追いかけられたし、その後も小学生の男子たちに見つかって石を投げつけられたりして散々な目に遭った。身も心もズタボロよ。

これからは単独行動を控えよう。一人でどうにかするのではなく、康介の力を借りよう。

そう心に誓った一日であった。

第3章　◆　大人はこうして振り回される

「そうそう、忘れてた。康介《こうすけ》、これをあんたに渡しておくわね」
夕食後、黒葉《くろは》から素っ気なく茶封筒を渡される。これが華やかな色合いの封筒であれば
ラブレターなのかと誤解していたかもしれないが、残念ながら色気は皆無である。
では一体なんだろうかと封を開けてみると、中には万札が五枚ほど入っていた。
「うえっ！　おい黒葉、このお金どうしたんだ？　拾ったのなら交番に届けないと遺失物
横領罪になるんだぞ。はっ、まさか自分が猫であることを利用して盗んだのか？」
「誰が盗むか！　ついでに拾ったお金でもないわよ！　それはあたしが猫になる前に銀行
で下ろしておいた貯金よ。この家に住まわせてもらうお礼っていうか、あたしの生活費だ
と思ってくれていいわ」
そういうことか。規則に緩そうなギャルのくせに、根は本当に律儀な子だよな。
だけど高校生にとって五万円はかなり大金だ。特に女の子は男より出費があるだろう
し、これは俺が使うべきお金でない。
というか、社会人が女子高生から金銭を受け取るのは倫理的に抵抗がある。逆にあげる

のも、状況次第では問題があるけどな。

「お金はいいよ。黒葉には家のことをやってもらっているし、生活に潤いが出てすげえ助かっている。それが充分な見返りだ」

俺はそのまま封筒を返そうとした。だけど黒葉は手でブロックする。

「まあ、あんたならそう言うんじゃないかって思っていたけど、これは遠慮なく受け取ってもらいたいの。そのお金は生活費の分だけじゃなく、これからの生活用品にかかる費用も含まれているから」

「どういうことだ？」

「女の子には色々あるの。あはっ、恋人がいない康介にはわからないかしら？」

「そうそう俺は寂しい独り身の男だから……って、ほっとけ」

クスクスと笑う黒葉が腹立たしい。俺だって可愛《かわい》い彼女を作りたいっつーの。できたら同年代か年上の優しく清廉《せいれん》な人がいい。

「えっとね、そのお金で買ってきてもらいたいものがあるのよ。本来なら自分で買うべきだけど、今のあたしはこんな状態になっているから無理じゃん。だからあんたに頼みたいってわけ。住むところやごはんを提供してもらっているだけでも申し訳ないのに、あたしの私物にまで康介にお金を出してもらうわけにはいかないもん」

「そういうことならまあ……。いや、でも待てよ。前に黒葉の家に行った時、自分のものを持ち帰っていなかったか？」

「それは下着とか衣類でしょ。あたしが求めているのはこれよ」

そうして黒葉からメモの紙を渡される。それを一瞥《いちべつ》してなるほどと頷《うなず》く。

「今回、黒葉が必要なのはいわゆる消耗品か。経理処理であったら、確かにこれらは雑費で計上できねえからな。現金を使ってまとめて仕訳しろってことだろ」

「うん、その経理用語はよくわかんないけどそゆこと。最低限は持っていたんだけどね。最初はもう一度ウチに戻ってお姉ちゃんのを拝借しようかなって考えたけど、急になくなったらさすがにお姉ちゃんも困ると思ってさ。てか、あたしの使っているのはお姉ちゃんとは違うブランドのだし」

「あの家に行ったらまた涼葉さんと遭遇する危険性もあるか。けどな、黒葉。本当に俺にこれを買わせるつもりなのか？」

「何か気になることでもあるの？　お金は充分足りているはずよ」

「いや、そういう意味じゃないんだが……」

メモにはいくつかの品が書かれていた。

メイク道具や女性用シャンプーの類いはまあどうにかなる。猫にしか見えない今の黒葉にはたして必要かはこの際置いといて、これらは男が購入しても変には思われない。

「このシャンプーやコンディショナーは俺のを使えばよくないか？」

「ダメよ。ここに住まわせてもらってからしばらく康介のを使わせてもらったけど、おかげで異様に髪質が硬くなったわ。男の洗髪剤は女の子が使うものじゃないって今回経験して初めて知ったわよ」

そういうものなのか。母さんは別に気にしないで息子と同じのを使っていたけどな。

問題はこれ、生理用品だ。こんなの、男が買ってもいいものなのか？　いや、もちろん購入は誰でもできるだろうけど、間違いなく店員に奇異な目で見られてしまう。変態のレッテルを貼られることは請け合いだ。

「それじゃよろしくね。まだ予備はあるけど、できれば今週中には買ってちょうだい」

「お、おう……、了解した」

女の子に笑顔で頼まれてはどうにも断れず、渡されたメモはズボンのポケットに入れる。

母さん、女性と暮らすってこんなにも大変なんですね。一緒にいられるだけで幸せ、なんて美談は空想の産物だったみたい。

●

「おう、佐藤《さとう》。ちょっと来い」

「はい。なんですか清水《しみず》さん？」

会社の就業中。俺の右斜め前のデスクに座る、同じ経理部の先輩男性社員に手招きされた。この人はあの課長と違ってきっちり仕事をする頼りになる先輩で、俺と涼葉さんの新人の頃からの教育係でもある。

清水さんのデスクまで行くと、徐《おもむろ》に顔を寄せてきた。

「お前、河嶋《かわしま》が最近元気ないことに気づいているか？」

「え？　あー、そりゃ……」

気づかないはずがない。席は隣だし、一年以上も一緒に顔を合わせて働いた人の変化くらい、鈍感な俺でもすぐにわかる。

「なら話は早い。河嶋の奴《やつ》、どうにも覇気が感じられねえし、仕事も身が入っていないようで気がかりだ。佐藤も感じているだろうが、あいつという癒《いや》しの存在が暗いだけでこの部全体がどんよりした空気になってくる。まさか河嶋、仕事が嫌になって会社を辞めたいとか思ってないよな？」

清水さん、後輩をよく見てくれているんだな。まあ、経理部にとって不可欠な存在となっている涼葉さんであれば当然気づくか。

「それはないと思います。涼葉さん、業務の幅が増えるたびにやりがいを感じるようになったと前に話していましたし、近頃はもっと上の資格を取りたいとかで簿記の勉強を始めたみたいですよ」

「ふむ。ならどうして河嶋はあんな落ち込んだ様子なのか気になるな。佐藤、同期のお前なら何か聞いているんじゃないか？」

「ええ、多少は聞いています。俺の知る限りでは、おそらく家庭内のトラブルが原因かなと。これ以上は本人の了承なしに話せませんが」

　十中八九、涼葉さんは黒葉のことで思い悩んでいる。連絡はあるとはいえ、もう一週間以上も未成年の妹が家に帰らない状況だ。姉であり母親代わりの涼葉さんにとっては、心配の種がどんどん発芽していることだろう。

「家庭の問題か。これぱっかりは自分で解決しないといけないから厄介だな。外野の俺たちは、せいぜいあいつが業務ミスをしないようフォローするくらいしかできないか」

「そうですね」

　本当なら無理にでも有休を取らせて休ませたいけど、そうやって腫物《はれもの》を扱うように接したら余計に涼葉さんは滅入《めい》ってしまう。結局は自然体に振る舞うしかない。

「よし。なら佐藤、今日は定時で仕事を終えていいから、河嶋を飲みにでも誘って気分転換させてこい。お前が元気づけて励《はげ》ますんだ」

「へ？」

　青天《せいてん》の霹靂《へきれき》ってこんな時に使うのだろうか。清水さんの予期せぬ提案に、俺はカウンターパンチを食らったように放心してしまう。

「清水さん、待ってくださいよ。どうして俺なんですか？」

「お前のことだからどうせ就業後の予定なんてねえんだろ？　これは経理部の重苦しい雰囲気を晴らす重大な任務だぞ。まあ、佐藤に帰りを待たせている女がいるって言うのなら強制はしないがな」

「いえ、悲しくも恋人はいませんけど、お世話している奴なら家にいるような、いないような……」

「あれ？　お前ペットとか飼っていたっけ？」

「な、なんでもないです。予定は確かにありませんね」

猫みたいな女子高生を家に置いているとはとても言えない。しかもこの猫は自律型で家事万能だし、四次元ポケットさえ持っていたらもう猫型ロボットの性能を超えているぞ。

だけど、俺なんかが涼葉さんを誘っても困らせるだけではなかろうか？

「涼葉さんが心配なら、清水さんが誘ったらいいじゃないすか。ぺーぺーの俺なんかよりも、よっぽど頼りになるでしょうし」

するとと清水さんは腕をクロスしてバツ印を作る。

「悪いが、資金繰りやら決算資料作りやらがあって忙しいんだ。それに妻子持ちの男が後輩女子と二人きりになるのは色々やばいだろ。パワハラやセクハラに厳しいこのご時世に、どんな波風が立つかわからんからな。俺は嫁《よめ》さん一筋だし、あまり誤解される行動は取りたくねえんだ。もしも嫁に浮気なんて勘違いされた日にゃ、まず命が危うい」

どうやら清水さんも奥さんには頭が上がらないようだ。というか、知り合いの既婚者は全員奥さんに服従しているような気がする。なんか結婚って怖く思えてきた。

「清水さん、パワハラを気にするのなら課長にもガツンと言ってくださいよ。俺や涼葉さんが気に入らないのか、あの人どうにも八つ当たりみたいな小言が多いんです」

「さってと、そろそろ仕事を再開するか。佐藤、さっきの件、よろしく頼んだからな。ほら、これは少ないが使ってくれ」

誤魔化しているのか、清水さんは財布を取り出して俺に五千円札を渡してきた。

「えっと、これで接待費としての伝票を切ればいいですか？」

「バカ。こんな私的な飲みを会社の経費で落とせるかよ。これは俺の少ない小遣いから捻出した金だ。わかったらさっさと仕事に戻れ」

これ以上は問答無用とばかりに清水さんはパソコンに向き直る。

逃げられたか。さすがの清水さんでも上司に諫言できないのは悲しい社会の縮図だな。

「まあでも、清水さんはいつもお世話になっているし、自腹を切ってもらったからには従いますか」

自分の席に戻るとこっそりとやり取りをすべく、すぐに部内メールを使って涼葉さんにメッセージを送ってみる。内容は今日の帰りに飲みにいかないかの誘いだ。

目の前の画面を見ていると、隣の席の涼葉さんがチラッと俺を見たような気配を感じた。そりゃ、今まで一度も外食に誘われたことがない同僚からこんな連絡が来たら驚くよな。

ぶっちゃけ、断られることは覚悟している。今の涼葉さんの心境から酒を飲む気分じゃないだろうし、こんな俺なんかと行ってもつまらないだろう。

しかし涼葉さんからの返信は意外なものだった。

「え、嘘《うそ》?」

思わず声を漏《も》らしてしまう。なんとオッケーの返事だったからだ。

すかさず涼葉さんの方に首を向ける。目が合うと、彼女は恥ずかしそうにはにかんでいた。やばっ、すっげえ可愛いんですけど。この世につかわした女神か。

そうなると、もう一人連絡しなければならない相手がいる。ポケットからスマホを取り出し、「今日はお前の姉と飯を食ってくるから夕食は用意しなくていい」という内容をREINで黒葉に送る。

既読が付くと、「お姉ちゃんをよろしく」という文面と共にキックをしているキャラのスタンプが返ってきた。どんな感情だよ。涼葉さんを蹴れと?

まあともかく、涼葉さんと二人きりでは初めての飲み会か。なんか今からドキドキするな。今日だけは課長の小言も笑って流せそうだ。

終業時間となる。

俺は涼葉さんと彼女の住む駅まで行き、その駅前にある居酒屋にやってきていた。だが本日の業務でも集中力を欠いて多くのミスをしてしまった涼葉さんは、あのクソ課長にネチネチと説教されてかなり落ち込んでいる状態だ。

「わたしなんて会社を辞めた方がいいのかな？」

そう酒の席で涼葉さんがポツリと呟《つぶや》いたのは中ジョッキ五杯を飲み干してからだ。

清水さんにも言われた通りに気分転換になればと酒を勧めてみたが、意外にも涼葉さんはかなりの酒豪であった。最初にオーダーした生ビールを一気飲みした時はさすがにビビったよ。

しかも涼葉さんは飲めば飲むほどにネガティブになっていく始末。普通は酔えば陽気になっていくものだが彼女は逆のようだ。

「失敗だらけの自分が嫌になってくる。どうしてあんな簡単なミスをしたんだろう」

「あ〜、あれのことか。期日内支払いは細かなルールがあるし、まだ慣れてない業務だから仕方ないよ。手形作成に関してはまだ受け渡す前だし、取引先が迷惑を被ったわけでもないんだしね。やらかした失敗を活《い》かして次に繋《つな》げればいいんだって、涼葉さんも俺によく言ってくれるじゃないか？」

「でも、わたしがミスしたせいで清水先輩にご迷惑をかけてしまったわ。先輩は悪くないのに『お前の教え方が悪いからだ』って課長から叱責《しっせき》を受けていたもの。わたしが原因なのに……」

「いや、仕事を急《せ》かした課長がアホなんだって。午後から会議があるなら、朝の挨拶時間で前もって言っておけっての。ゆっくりやれたら絶対に失敗しなかったよ」

「ううん、わたしが焦《あせ》ったのが一番悪いの」

安心させるように慰《なぐさ》めてみるが効果は薄い。黒葉もそうであったが、姉の涼葉さんはそれ以上に根が真面目で、他人には優しく自分には厳しい損な一面が見え隠れしている。きっと今も自分を責めて罪悪感に苛《さいな》まれているのだろう。

「あのくらいのミスで辞めないといけないなら、俺なら五回はクビになっているな。でもこうやって能天気でいられるわけだし、そんな気に病《や》む必要はないよ」

「うふふ、康介くんはいつも楽しい励ましの言葉をくれるよね。とても嬉《うれ》しい。家出した妹とは大違いよ」

「妹さんとはどう？」

訊《たず》ねながらも、涼葉さんが意気消沈している理由はもうわかりきっている。そして仕事もミスして余計に落ち込む、まさに負のスパイラルに陥《おちい》ってしまっている。

「REINは毎日送られてくるんだけどね。前に一度、妹からおかしなイタ電がかかってきたきりで、それ以降はわたしが電話しても繋がらないの。今は友だちの家にいるみたいだけど、一週間以上も帰ってこないなんて初めてで……、もしかしたら悪い人たちと付き合ってトラブルに合っているんじゃないかって」

「涼葉さん……」

　俺の想像以上に彼女の精神が参っているみたいだ。

　これに関してはどうにか考えないとな。黒葉から涼葉さんへ連絡を送る際に、無事であることを知らせるためにも、もっと具体的な何かを添付した方がいいかもしれない。

「ご、ごめんね、しんみりしちゃって。ほら、飲もっ」

　そうして再びビールを一気飲みする涼葉さん。これ以上は深酒になるので止めるべきところだが、今の涼葉さんの心情を考えたら止めることができなかった。

　そしてしばし彼女に付き合ってお酒を飲んでいく。

　すると、さすがに酒豪でも酔ってくるみたいで、涼葉さんが素面《しらふ》では絶対しないような話題を出してきた。

「涼葉さん、今、なんて？」

「だから、早く結婚して寿退社するのも一つの幸せなのかなって。でね、子どもをたくさん産んで明るい家庭を築くの」

そう涼葉さんの言ったセリフにドキッと心臓が跳ね上がる。

「あ、あのですね、涼葉さんって彼氏が……、そういう特定の相手がいたりします？」

声が震えていた。自分でも気づかぬうちに、涼葉さんに恋人がいることにショックを受けているのか？

それともそうだと仮定して、こうして秘密裏に男女二人きりになっていることに実はやましい気持ちがあるのか？

どうにも顔が引《ひ》き攣《つ》って上手《うま》く笑えない。

「むう～～～、いませんけど！　学生時代、ずっと女子校だったわたしには、そもそも男性との出会いすらなかったですけど！」

「そ、そう……」

涼葉さんに恋人がいなかったことにホッとする。思わずにやけてしまう。

だがここから涼葉さんの様子がさらにおかしくなった。

「あ～っ、その顔！　どうせわたしのこと、寂しい女だなって思ったんでしょう⁉　妹にいつもバカにされているからそーゆーのすぐわかるもん！」

「いえいえ、そんな滅相もありませんから」

「じゃあ、康介くんは彼女さんとかいるの⁉　わたしは教えたんだから康介くんも答えないや、仲の良かった女友だちは何人かいたけど、俺もこの歳《とし》になるまで異性とそういった関係になったことは一度もなかったよ」

「本当に？　だって康介くんって優しいじゃない？　結構人気者だよ？」

「あー、ほら、それはあれだ。女子からは『佐藤くんって良《い》い人なんだけど恋人としてはちょっと……』っていう、典型的なモブキャラだと思われているだけだから」

　このセリフは高校時代に告白した同級生から拒否された時の悲しい言葉で、今も鮮明に覚えている。あの時は泣いて走って家に帰ったな。

　所詮、優しさだけの男は女性からすれば魅力を感じられないのだ。金や地位、容姿なんかは大前提として、時には笑いのセンスや肉食系のワイルドさが求められることもある。どれも今の俺は持ち合わせていない。だからなのか全てにおいて自信がなく、恋というものにどうしても一歩を踏み出せないでいた。

「なら、康介くんには結婚願望とかないの？」

「そりゃ俺も男だし、いずれはしたいと思っているよ。あいつと共同生活をしてみて、大変だけど誰かと暮らすのも悪くはないなって……、あ、いや……」

　つい黒葉のことを口に出してしまい、慌てて言い淀《よど》む。涼葉さんに妹さんと同居していますと告げたら、腰を抜かすどころか心臓が止まってしまうかもしれない。

「え、何？　もしかして康介くんって誰かと同棲《どうせい》しているの？　というより、やっぱり彼女さんがいるの？」

「ははは、俺に彼女なんているわけがないじゃないか。おっと、失礼。ちょっと飲み過ぎたからトイレに行ってくる」

シラを切って逃げるように席を立つ。だがしかし、俺のそんな態度が涼葉さんの逆鱗《げきりん》に触れたらしい。

「ふ～～～～～～ん、もういいわよ！　独身女だって幸せになるんだって示してあげるから！　そこの店員さん、ビールを大ジョッキで追加してちょうだい！」

店内で大騒ぎし始める涼葉さん。予定とは違ったけど、元気になったのは良かった。これで楽しくお酒が飲めそうだ。

だがトイレから戻ってみると、彼女はテーブルにうつ伏せになって寝息をたてており、俺はガクッと肩を落とすのであった。

●

「あはは～。地面がグルグル回ってるわ～。グルグル～、グルグル～。わ～遊園地みたいで楽しい～」

「ほら、涼葉さん。家に着いたよ。自分で立てる？」

　千鳥足の涼葉さんに肩を貸し、彼女の家の玄関先へと運ぶ。つくづく今日の飲み会は、彼女の家の最寄り駅にある店で良かったと思う。

「もう、心配しなくてもへーキ。わたしはこれでも妹をしっかりと育てた立派なお姉ちゃんなんだからね。――って、現在妹は反抗期で家出中でした。あはははははは」

「いやまあ、黒葉さん、早く帰ってくるといいね」

　そして涼葉さんは靴を脱いでヨタヨタ足で家の中に上がると、ふと振り返ってきた。俺はその反応に気づき、こちらをジッと見つめる涼葉さんと目が合う。

　酔っているので頬は微《かす》かに赤く、とろんとした瞳にドキッとさせられる。

「な、何？」

「あのね、康介くん。もしかして……」

　何か言いたげな顔をする涼葉さん。思わずその唇に吸い込まれそうになる。

　しかし涼葉さんは言葉を発することもなく沈黙し、急に口元を押さえた。

「うっぷ、気持ち悪い……」

「わわっ！　こんなとこで吐いたらダメだって。えっとえっと、トイレはどこだ？」

「あうう、今日はごめんんね。でも付き合ってくれてありがとう。久しぶりに誰かと過ごせて嬉しかったわ」

「どういたしまして。でもそんなことより、まずは吐いて楽になろう」

「だいじょぶ、ホントにだいじょぶ。だからもう、ねっ」

涼葉さんがそう言うなら、これ以上は干渉しない方がいいだろう。人前でゲロする行為なんて誰にも見せたくないだろうし、女性なら尚更《なおさら》だ。

「涼葉さん、今日は付き合ってもらってありがとう。楽しい席だった。じゃあ俺はここでお暇《いとま》させてもらうけど、もしも明日、二日酔いで出社が辛《つら》そうなら休みの連絡を入れてくれ。代わりに仕事やっとくから」

「うん。本当に迷惑をかけてごめんなさい」

「いいって。同期のよしみだし助け合わないとな。それじゃ、おやすみ」

そうして河嶋家を後にする。

別《わか》れ際《ぎわ》、涼葉さんの暗い表情だけが気になった。

●

真夏ともなれば夜になっても蒸し暑い。ハンカチで拭《ぬぐ》っても額から汗は噴き出るし、酒の影響もあり喉も渇く。道中に自販機を見つけたので、水のペットボトルを購入する。

駅前に戻る頃には水を飲み干しており、すっかり酔いが醒《さ》めていた。せっかくだからと黒葉に頼まれたものを買おうかとドラッグストアに寄ってみる。

「えっと、どれを買うんだっけな……。あれ？」

ポケットに手を突っ込むが、黒葉から渡されたメモがない。落としたのか？

これは困ったぞ。買う品目はなんとなくは記憶しているが、肝心の商品名までは暗記してない。

「どうすっかな。文句を言われること覚悟で黒葉に電話して確認するか。……いや、そういえば」

スマホを取り出し、写真アプリを起動させる。

「やっぱりだ。そういや念のためメモを撮っておいたんだった。ふ～、危うく黒葉にバカにされるところだったぜ」

そうして安堵《あんど》したところで、メモを見ながら目的の品物を手に取っていく。

会計では想像通りにレジのお姉さんに変な顔をされたけど、俺は無の境地となって表情を変えることなく財布から金を出した。

つくづく地元の駅で買わなくて良かったと思う。きっとこのドラッグストアを訪れるのは最初で最後になるだろう。

為《な》すべきことを完遂して電車に乗ろうと改札口へ足を向ける。するとその途中、思わぬ出来事に遭遇した。

「うにゃ〜」

茶トラ模様の猫がとあるビルの片隅に横たわっていたのだ。毛並みは泥で汚れており、首輪が巻かれてないことから野良だと窺《うかが》える。

「おい、お前、大丈夫か？」

猫に関心を持つ通行人は誰もおらず、仕方なく俺が駆け寄った。

「ふにゃ〜。にゃう……」

猫は明らかに弱々しい鳴き声を発している。

拙《まず》いな。この暑さだし、脱水症状に陥っているかもしれない。

「待っていろ」

Uターンしてさっきのドラッグストアに再び入店する。

レジのお姉さんから、「げっ、またあの客だ」という嫌な顔をされてしまうが、無の境地となっているので一切《いっさい》気にしない。すぐにペット関連商品コーナーに行き、紙皿や猫用の液状ミルクとキャットフードを手に取る。

「お、お買い上げありがとうございます」

「どうも。あ、レシートはいらないんで」

生理用品を買った男が再びやってきて猫の食べ物を買うのだ。レジのお姉さんは俺という客がどういう人物かわかりかねているだろう。俺自身もよくわからん。

それはともかくすぐにさっきの猫の元に向かった。到着すると持っていた鞄《かばん》などを放り出し、買ったばかりの商品を食べやすそうに開けていく。

「にゃっ！」

猫はすぐさま反応し、一心不乱にミルクを飲み、キャットフードにパクついた。どうやら弱っていたのは単にお腹《なか》が空いていただけのようだ。

「それだけ食べられるなら平気だな。けどこいつ、どうしようか？」

ウチのアパートはペット禁止だし、さすがに連れ帰るわけにもいかない。そうなると動物センターか保健所へ連れていき相談してみるか。もしかすると預かってくれるかもしれないからな。

俺がそう考えていると……。

「にゃんっ！　にゃにゃにゃ！」

猫が急に歓喜の鳴き声を上げ、尻尾《しっぽ》を逆立てる。そんなにも餌が美味《おい》しいのかと思ったのだが、猫の視線は明後日《あさって》の方向を向いていた。

「にゃ〜〜〜んっ！」

そしてあれだけ空腹だった猫はもう餌に目もくれず、片膝《かたひざ》をついている俺のすぐ横を素通りして走っていく。

「な、なんだ？」

振り返って猫の行方《ゆくえ》を追っていく。するとその先にはその猫を優しく抱き上げる少女の姿があった。

「あっ、あの子はあの時の……」

彼女の姿には記憶がある。あれは霧戸《きりと》神社で出会った巫女《みこ》さんだ。金髪少女と巫女の組み合わせが見事に和洋折衷《わようせっちゅう》になっており、印象深かったのでよく覚えていた。

猫の懐き具合からして彼女が飼い主なのかな。だとすれば俺はお役御免だろう。

重い腰を上げ、涼葉さんと猫の世話からようやく解放された清々《すがすが》しさに表情を緩め、今度こそ駅へ向かおうとする。

それから最後にぐるりと振り返り、猫と巫女を見てみる。

「お……」

巫女の少女は礼儀正しく頭を下げていた。別れの挨拶か猫を介抱したお礼のつもりなのかは判断がつかない。

ただ、あの子とは再び会える予感がする。

そう感じ取った俺は彼女に手を振っていた。

幕間◆猜疑心

うぅ、頭がズキズキ痛い。つい飲み過ぎてしまったみたい。

こんなにもお酒を飲んだのは大学を卒業して以来になる。前は確か同級生たちに介抱してもらったな。みんな、普段と違うわたしの醜態に呆《あき》れていたっけ。

今回、彼には多大な迷惑をかけてしまったし、抑制できなかった自分を戒めたい気持ちで一杯になる。

まずは熱く火照《ほて》った体を鎮めようと、蛇口を捻《ひね》りコップに水を注《そそ》いで一気に飲み干した。

「ふう……」

吐き気の気持ち悪さと頭痛は治らないけど、思考だけはクリアになっていく。

けど冷静になったところで、これの意味することは理解が追いつかない。

「康介《こうすけ》くん、どうしてあなたがこんなものを持っていたの?」

わたしが手に持っているのは一枚のメモ用紙。居酒屋で彼がトイレで席を立った時にポケットから落とした紙だ。ゴミかと思ってつい拾ってしまったけれど、中を見てみると自分の目を疑った。

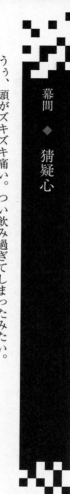

内容は女性が使う化粧品や生理用品の数々が箇条書きされていた。男の康介くんが必要としているものではないのは一目瞭然だ。

康介くんの家族、あるいは彼に恋人がいて頼まれたとも推測できるので、内容に関しては不思議に思っていない。

わたしが目を疑ったのは別の観点になる。

「これって、黒葉《くろは》が書いたメモよね？　ここに書かれてあるコスメブランド、全部あの子が使っているものばかりだし」

妹はわたしが七歳の時に生まれ、それこそこの十七年間、ずっと苦楽を共にして暮らしてきた。仕事で忙しかったお母さん以上にあの子を育てた自負もある。そんなわたしが妹の字を見間違えるはずがない。

「康介くん。もしかして黒葉はあなたと一緒にいるの？」

彼がこの家まで送り届けてくれた際に、言えなかった問いかけを呟《つぶや》いてみる。けど自分一人しかいない状態で彼が答えてくれるわけがない。

この広い一戸建てに、今は母も妹もいない。伽藍堂《がらんどう》の寂しさからか、知らず知らずに自分の体を抱きしめていた。

「黒葉、どうして電話にも出てくれないの？　もう家に帰らないの？　お姉ちゃん、この広い家で一人は寂しいよ」

わたしはついこの間のことを思い出す。

先週の土曜日、黒葉に駅前まで呼び出された。ようやく帰ってくれる気になったのかと安心していたけど、結果は期待とは大きくかけ離れていた。

どうやらわたしを家から離す口実だったみたいで、結局はあの子と会えず仕舞い。そして神社では何故《なぜ》かたまたま彼と出会う。

「いいえ、ちょっと待って。あの日、康介くんは散歩だって言っていたけど、あそこにいたのが偶然じゃなかったとしたら。でもあの時、黒葉は近くにいなかったわよね。代わりに傍《そば》にいたのは……」

猫、だった。

猫アレルギーのわたしは息苦しくなり、すぐに康介くんの元から逃げてしまったけど、彼は不自然なくらいに猫をわたしに近づけさせようとしていた。

「わざと、だったのかしら……」

実は黒葉が傍にいて、あれがわたしを遠ざける策略だったとしたら？

そして二人して共謀し、猫が苦手なわたしを嘲笑していたとしたら？

「…………」

わたしは頭を抱え、そのまま髪をかき乱した。

「バカバカしい。なんてくだらない妄想なの。やっぱり飲み過ぎたのね」

黒葉は口が悪くたまに嘘《うそ》も吐《つ》くけど、本当は家族想《おも》いの優しい子だ。お母さんやわたしの誕生日は照れながらいつも祝ってくれる。

そして康介くんはわたしが初めて信用した男性だ。今日だってわざわざ飲みの席を用意して色々励《はげ》ましてくれたし、酔ったわたしに非道な振る舞いをすることなく紳士的に送ってくれた。

そんな二人がわたしに酷《ひど》いことをするわけがない。するわけが……。

「でも、康介くんは黒葉の名前を知っていたわ。わたし、彼に教えたことはないはず」

このメモのこともあるし、二人になんらかの関わりがあるのは決定的だ。

だとしたらどんな関係なのだろうと色々と勘ぐってしまう。

「例えば……、二人が恋人同士になって同棲《どうせい》している、とか?」

ポツリと呟くと、自分の体温が一気に急上昇する。

「ダメダメ。何を考えているの、わたし。黒葉はまだ高校生なんだよ」

しかし一度想像してしまうと、余計にイメージが膨《ふく》らんでしまう。

最終的には裸になった二人がベッドで抱き合っているシーンまで浮かんでしまった。次第に黒葉の顔が康介くんへと近づき、お互いの唇が重なる。

「もうっ！　もうもうもうっ！　黒葉のバカ！　康介くんのバカ！」

独り言にしては大きな声で罵倒する。その結果、興奮し過ぎて頭痛が悪化してきた。

「っ痛《いた》。はぁ〜、一番のバカはわたしか」

ホント、わたしってダメダメなお姉ちゃんだなぁ。

妹にこんな無様な姿を見せずに済んだ今だけは、一人の空間で良かったのだと心から思うのだった。

第4章 ◆ 巫女は不敵に笑う

やはりというべきか、昨日の二日酔いの影響で涼葉《すずは》さんは有給休暇となった。会社への電話連絡だけでなく、俺宛てに個別でＲＥＩＮが届き、今日中に仕上げなければならない仕事内容が書かれてあった。もちろん「任せて！」という文を送り返す。

そうして本日は、涼葉さんに頼まれた分の業務をしたので少しだけ残業をする。その会社からの帰り道で、思わぬ人物とバッタリ会ってしまう。

「どうしてキミがここに？」

横断歩道を渡った交差点に金髪の巫女がポツンと一人で立っていた。昨日の夜に顔を合わせたばかりでもあり、少女と目が合った俺はつい声をかける。

少女とはこれで三回目の邂逅《かいこう》になるが、これまでは遠目でここまで接近したのは初めてである。日本人離れしたその容姿をまじまじと眺《なが》めてしまう。

髪は黄金に輝く色、そして肌は透き通るように色白だ。その大きくつぶらな青い瞳を見つめると海の中に潜っているような錯覚に囚われる。

巫女服をドレスのように肩を露出して着用しており、まさに何かの物語に登場するプリンセスと見紛《みまが》う美しさだ。だが、あまりに完璧な容姿端麗《ようしたんれい》さはどこか作り物みたいにも感じられた。

「ああ、ごめん。もしかして日本語がわからないかな？　ハロー。えっと、どうしたのは英語で確か……ファッツ・ザ・マター？」

「よいよい。理解はしておるからわらわには普通に話してくれて構わぬ。そのような拙《つたな》い発音の英語で話された方が聞き取れんからの」

「へ？」

少女は流暢《りゅうちょう》な日本語で話してきた。しかも金髪幼女の見た目とアンバランスな古風で大人びた言葉づかいに、意表を突かれて一瞬怯《ひる》んでしまう。

「そ、そうか。それでキミは夜遅くにこんな場所で何をしているんだ？　もしかして迷子になっちゃったとか？」

「いや、わらわはお主に用があるのじゃ。ここで待っておればきっと会えると思うてな」

「俺に？」

初めて言葉を交わしたばかりの巫女が一体なんの用だろう？

そう疑問に思っていると、少女が意味深に微笑《ほほえ》む。

「昨夜の猫のお礼に参った。あの者を助けてくれた感謝を伝えたかったのじゃ」

「ああ、そのことか」

少女は礼儀正しく頭を下げてきた。

ようやく疑問が解消され納得する。やっぱりこの少女が猫の飼い主だったんだな。

「気にしなくてもいい。猫が助けを求めているようだったから、ただ当たり前の行動をしただけだ」

「ふむ。じゃが、その当たり前の行動とやらを他の人間はしなかった。あれだけいた人間の中で、猫に救いの手を差し伸べたのはお主だけじゃ」

「まあ、な。でもそれは厄介なことに巻き込まれたくないって思う、日本人ではごく普通の心理なんだ。許してやってくれないか？」

「別にわらわは怒ってはおらぬよ。人間にはお主のように優しい者もおれば、逆に罪深き者がいることをよく知っておる」

まだ小さい子どもなのになんとも達観した考えだな。ほへーっと感心してしまう。

「ところでじゃが、お主の家はここから近いのか？」

「俺の家か？　ああ、ここから少し歩いたところにあるけど」

「ならば案内してもらえぬか。お礼としてお主に話しておきたいこともあるのでな」

「はい？」

少女の唐突なお願いに、俺はただ目を丸くした。

「もう夜も遅いし、また日を改めてもいいんじゃないかな？」

「ここまで来て、それはなかろう。わらわの心配はせずともよい」

「いや、心配なのはキミみたいな幼い子を家に連れ込もうとしていることに対する余所様《よそさま》の目だから。この現場を誰かに見られたら通報されちゃうよ」

俺は金髪の巫女少女と家の前で揉《も》めていた。

時刻はもう午後八時を過ぎており、いくら霧戸《きりと》神社がここから一駅の距離だとしてもさすがに子どもをこれから招き入れるわけにはいかない。巫女少女の提案を断り、代わりに神社まで送ろうかと申し出た。

だがこの子は頑《かたく》なに首を横に振る。どうしようかと困惑したが、最後には彼女の力強い意志に根負けしてしまった。

「しゃあない。ジュースでもやるから、飲んだらすぐに帰るんだぞ」

「うむ、あまり長居はせぬ」

そして俺が家の扉を開けると、たまたま玄関前に黒葉《くろは》がラフな格好でアイスを片手に立っていた。

「あ、おかえ……」

黒葉は視線を俺に、それからゆっくりと隣にいる少女へと移す。そして俺へと再び視線を戻すと、その表情はゴミクズを見るかのような軽蔑したものへ変化する。

「うわぁ。幼気《いたいけ》な女の子を誘拐とか、とんだクズ野郎ね……。康介《こうすけ》、あんたが女子高生のあたしをそういう目で見てこなかった理由がよくわかったわ。コスプレ好きな生粋《きっすい》のガチロリコンだったからなんだ」

「ぐ……」

すぐに否定したかったが、この少女の前で迂闊《うかつ》なことは言えない。もしも反応したら黒猫に話しかける不審な男と思われてしまう。

少女を玄関先で待たせ、黒葉に近寄って簡単にこれまでの流れと、この金髪少女が霧戸神社の巫女かもしれないことを耳打ちで説明する。

「ふうん、あの神社に巫女なんていたんだ。でも外国人の子どもが神職に就くのってありなのかしら？」

黒葉はどうにも納得してない顔だったが、俺が無理やり連れてきたのではないと理解してくれたらしい。

少女をダイニングの中まで案内し、部屋着のジャージに着替えている間はこの子の相手を黒葉に頼むことにした。当然、黒葉は猫として見られるので頭くらいは撫《な》でられるだろうが、ここは我慢して黒猫を演じてもらいたい。

着替え終わって戻ると、巫女少女は床に正座していた。その向かい合う形でソファーに座る黒葉の隣に俺も腰かける。

「おい、黒葉。客を床に座らせるなよ」

「あたしが仕向けたんじゃないわよ。この子が勝手にそこに座っただけ」

「そりゃ、普通は遠慮しちゃうだろ。そういう時は家主側が促《うなが》すもんだ」

「そんなこと言われても、今のあたしは猫なんだから言葉が通じないし無理ゲーじゃん。てゆーかこの子、康介が出したジュースは一向に手を付けなくて、あたしにも干渉しようともしない。もしかして猫が嫌いなんじゃないの？」

「いや、猫を飼っているだろうからそれはないと思う。きっと他人の家だから緊張しているんじゃないか？」

「そんな風には見えないんだけどな。ところでこの子の名前は？」

「あ、そういやまだ聞いていなかった。ねえキミ、お名前を教えてもらっていいかな？」

怖がらせないようできるだけ優しく声をかけた。

するとそれまで無表情だった少女の口角が少しだけ吊《つ》り上《あ》がる。

「わらわに名など存在せぬよ。まあ、人間や猫からは猫神《ねこがみ》と呼ばれておる」

「「は？」」

俺と黒葉は同時に疑問符を浮かべた。

そして少女は目線を下に向けるでもなく、真《ま》っ直《す》ぐに黒葉の顔を直視する。

「そこの人間の娘。名は確か黒葉と申したかの。お主とこうして会うのはこれで二度目、いや三度目か」

「嘘《うそ》……。この子、あたしが人だって認識しているわよ」

俺も驚きと動揺を隠せなかった。

黒葉のことを見抜いたこともそうだが、彼女が言い放った猫神という単語についてだ。まさかこいつ、本当に……。

いや、落ち着け。そんな奇天烈《きてれつ》な話があってたまるか。

「二人とも信じられぬといった表情だの。ああ、この仮の姿だとおふざけと思われるか。なれば本当の姿を明かしてやろう」

そう言って立ち上がると、少女の体が不意に光り輝いた。そして思わず目を細めていると少女のシルエットが別の姿に変化していく。

「金色の猫……」

まるで手品でも見せられているかのように、少女の姿がその金髪と同じ毛色の猫へと変わっていった。

「っ！　思い出した！　あんた、あの時の集会にいた奴《やつ》ね⁉」

黒葉は目を見開いて指摘する。どうやらこの猫に見覚えがあるらしい。

『その通りじゃ、愚かなる娘よ。ついでにお主自身の罪も思い出したか？』

テレパシーみたいな音声が頭に直接届く。猫は口を開くでもなく、ただフサフサした尻《しっ》尾《ぽ》を振っているだけだ。この非常識な展開に俺は思わず喉を鳴らす。

「あたしの罪？　じゃあやっぱり、あたしを猫にした呪いをかけたのはあんたの仕業《しわざ》ってわけ？」

俺も考えていたことを、黒葉が問い質《ただ》す。

『質問に質問で返すのはまさに愚か者の証明じゃぞ。やれやれ、仕方ないの。無知なる人間の娘に少しだけ教えてやろう。と、その前にお主らからすればこちらの姿の方が話しやすいか』

再び光り輝き、金色の猫はもう一度あの巫女少女の姿に戻った。

幼い顔に似合わず、挑発するように妖艶な笑みを浮かべている。

「さて、黒葉。お主が納得するまで問うといい。全てとまではいかぬが、わらわに答えられる範囲で話してやろう」

「あたしをこんな目に遭わせておいてその上からの物言い、あんたがすっごくムカつく奴だってのはわかったわ」

チラッと隣を窺《うかが》うと、黒葉の様子は尋常ではない。今にも爆発して、猫神と名乗るこの巫女少女に飛びかかりそうな雰囲気だ。

気持ちはわかる。自分をこのような目に遭わせた張本人かもしれないのだ。しかし巫女少女の言うことが真実なら相手は神である。しかも人ならざる力を持っている相手と争ってもこちらにメリットは一つもない。

俺は軽く肩を竦《すく》め、黒葉をこれ以上刺激しないように代役を務《つと》める。冷静に話し合って解決する方向に持っていくのは大人の役目だ。

「あの、俺からいくつか質問していいか？　ああ、わずらわしいから敬語は省かせてもらう」

「ふふん、許そう。して、わらわに何を聞く？」

「その前にあなたのことはなんと呼べばいい？　猫神様、でいいのか？」

「ふむ、呼び名であるか」

猫神は大きな瞳をパチパチと瞬きさせ、巫女服の袂《たもと》を口元に当ててしばし考える間を取る。すると何か思いついたのか、袂から口元が現れると微笑んでいた。

「そうじゃ。聞くところによると、人の世界にはバステトと呼ばれる猫の女神がおるらしい。人間の子らが会話していたのを耳にしたことがある」

「え？　あ、ああ、確かにエジプト神話にはそういう女神がいる。最近だとゲームによく登場するし、イラストが可愛《かわい》いから人気キャラみたいだな」

「ほう、人気の神であるか。わらわにピッタリではないか。ならば康介よ、便宜上わらわをそう呼ぶといい」

なんか既に俺の名前が知られている。ああ、そうか。さっきの黒葉との会話の中で呼んでいたのを聞かれていたんだな。

しかしどうにも妙な違和感がある。俺に対しては、黒葉に比べて猫神から刺々《とげとげ》しい雰囲気は感じられない。むしろ好印象というか非常に穏やかに思える。

これなら話が通じるかもしれない。できるだけ多くの情報を引き出し、上手《うま》く交渉を進めるんだ。

「バステト。あなたが猫の神様だっていうのはわかったが、今日こうしてここにいる意味はなんだ？　こうなった以上、あの場所で俺がバステトと会ったのは偶然とは思えない。何か話したかったことがあるんじゃないか？」

「そうじゃな……。言うなれば神の気まぐれなのじゃが、康介へのお礼の用件とそこな娘への叱責《しっせき》をしたくてやってきた。霧戸神社の前でお主ら二人が行動を共にしておるのを目撃しておったからの」

バステトは冷ややかな視線で黒葉を見ている。

神がたかが人間一人に固執するなんて聞いたことがない。そうなると、さっき発言していた『黒葉自身の罪』というキーワードが関係しているかもしれない。

「なら今度は、さっき黒葉が訊《き》いた質問をさせてもらう。黒葉が猫に見える現象――これは呪いの類だとは思うが、バステトがやったのか？」

「うむ、相違ない。この娘の罪を罰するためにわらわが呪いをかけた。もっとも、猫に見える現象と呼ぶのは厳密には違うがの」

「このっ！」

　すると眉を吊り上げた黒葉が立ち上がろうとしたので手を伸ばして制する。

「どう違うんだ？」

「もうおおよそ把握しておると思うが、当人は身体変化を何も感じておらぬじゃろう。しかし一方で、他の者にはその娘は完全に猫である。触れようが話そうが何をしようと人であると気づかれず、大きさや感触なども誤認する。この呪いは言うなれば、他者を幻惑させる究極の催眠なのじゃ」

「催眠……」

　黒葉本人ではなく、それ以外の全ての人へ干渉する催眠なんて信じられない。

　だがしかし、現に涼葉さんは黒葉に近づいただけで猫アレルギーを発症していた。その力は猫に見えるだけの思い込みレベルじゃない。

「簡単には呑《の》み込《こ》めないが、呪いの力は既に実感している。だけど黒葉がそれを受けなければならない罪ってのが、一体何か訊いていいか？」

　俺は怪訝《けげん》な表情となって問う。するとバステトはどう説明しようか迷っているのか、しばし沈黙をする。

「ふむ、そうじゃの……。端的に答えるのであれば、その娘が原因で一匹の猫が死んだのじゃ」

バステトの口調は冷たく厳しかった。

それを聞いて反射的に隣に座る黒葉の方を向くが、こいつは何を言われたのかわかっていない様子だ。

「嘘言わないでよ！　あたし、猫にそんな酷《ひど》いことしていない！」

黒葉はすぐに反論する。まだ一週間ほどの付き合いだが、黒葉が誰かを傷つける奴だなんて俺も到底思えない。

「無論、お主が直接その手で殺《あや》めたわけではないのじゃ。あれは本日より十日ほど前のことか。黒葉よ、お主は夜の道で一匹の猫と会ったのを覚えておるか？」

「十日前？　その日ってあたしがお姉ちゃんと喧嘩《けんか》して家出した日……。あれ、ちょっと待って。そういえば家の門の前に猫が横になって寝ていた気がする」

「うむ。野良猫であったその者は空腹で弱り切っておった。そしてわらわに助けを求めようとする途中で倒れたのじゃ。さて、黒葉よ。お主はそのように瀕死であった猫に何をしたのか、よもや忘れたとは言わさぬぞ」

「そ、それは……」

黒葉が言《い》い淀《よど》んで顔をしかめる。忘れているのではなく、覚えているからこそ悩んでいるように見えた。

「おい、黒葉、平気か？」

「うん、大丈夫。あと、あたしが仕出かしたことを思い出したわ。あの日、喧嘩した直後だからムシャクシャしていた。でも猫ってほら、お姉ちゃんにとって毒と同義じゃん。だからあたし、猫がウチに居座っているとお姉ちゃんが危ないって思って、けど頭に血が上っていて心に余裕もなかったから強引に追っ払ったの」

「そうじゃ。結果、追い出された猫はどうにか霧戸神社に辿《たど》り着《つ》いたものの、人間への深い恨みを胸に抱いてそのまま息を引き取った。あの時、お主がわずかばかりの水や食料を与えておったら死ななかったかもしれぬ」

「だってそれはっ！　それは……」

黒葉が唇を噛《か》みしめて俯《うつむ》く。

こいつはただ姉を守るために必要な行為をしただけだ。だが猫側からすれば弱っている相手を意図的に傷つけたものと捉《とら》えている。

今回のような相手が猫であったとしても、これだけの情報なら黒葉にやや非があるように見えてしまうだろう。

しかしそれはあくまで一つの視点に過ぎない。何が正義で何が悪かなんて状況によって常に変化する。

「バステト、その言い分はやや横暴だ」

俺は少し強めに答えた。

「ほう、康介は黒葉が悪くないと思っておるのか？」

「ああ。確かにその猫にとっては気の毒だったと思う。死の原因の一端は黒葉にもあるだろう。けどそもそもの話、その猫が衰弱していたのは黒葉が原因じゃない。親猫のせいか、元は飼い猫であるなら飼い主のせいだ。それに猫神のあなたや、その他の猫たちだって結局は助けられなかったのだからそれぞれに責任はあるはずだ」

「にゃはは、鋭い指摘じゃ。お主の申す通り、命を救えなかったわらわにも一因がある」

バステトは俺の反論を聞いて自嘲的に笑う。どうやら図星を突いたらしい。

よし。ならばこのまま攻めの形を崩さない。黒葉に罪がないことを認めさせれば、呪いを解いてくれるかもしれない。

「そうだろ？　人にはいろんな奴がいるけど、こいつは家族を想《おも》いやれる心優しい女の子だ。なら恨みに恨みを重ねる負の循環ではなく、神としてその大きな器で黒葉を許し、彼女を元の姿に戻してもらえないか。頼む」

「康介……。あ、あたしも、お願いします。ごめんなさい、許してください」

猫神に懇願《こんがん》して頭を下げると、それに続くように黒葉も頭を下げた。

これって学校で子どもが迷惑をかけたので、親が一緒になって謝る構図に似ている。俺にとって黒葉はただの居候でしかないが、今は涼葉さんの代わりに保護者の役目を担《にな》っているつもりだ。大人なら子どもを守らないとな。

「ダメじゃ」

だが、バステトは冷徹にぴしゃりと言い放つ。

「わらわも当然、人間の娘一人にその責任を全て擦《なす》り付《つ》けるつもりはない。じゃが、世の理《ことわり》として罪には罰が必定になる。でないと恨みを残して死した猫が成仏《じょうぶつ》せず、いつまでも魂が現世に漂ったままになってしまうのじゃ」

「だけどそれじゃ……」

「話はそれだけではない。誤解しておるようじゃが、わらわが黒葉にかけた呪いはそう重いものではない。催眠ではなく身体すら完全に猫化する呪いもあったがそうはしなかった。これは今後このようなことが起こらぬよう、そしてわらわたち猫の気持ちを理解してもらえるようにかけた呪いじゃ。効果の期間は一ヵ月と設定し、その娘が真《まこと》に反省しておる態度のようなら早めに解呪することも考えておった」

一ヵ月か。それでも長い。しかも過去形な物言いなのも気になる。

「じゃがの、黒葉は反省などしておらんかった。むしろ再び猫を傷つけたのじゃ」

バステトは黒葉を指さしながら、その大きな瞳を細める。問い詰める視線はまるで肉食動物が狩りで威嚇《いかく》するようなプレッシャーを感じる。

「えっ、あたしはそんな………、あっ！」

黒葉が何かを思い出したのか大きな声を上げる。

「思い当たる節があるのか？」

「う、うん。この前、情報の手がかりを探そうと一人で外出したって言ったじゃん。あの時、たくさんの猫がいる集会を発見して、その内の一匹の猫に絡《から》まれたから追い払おうと足を振り払ったら壁にぶつけちゃったの。でもあれは故意じゃない。事故よ」

その話は後から聞いた。そういや、そこに不思議な金色の猫もいたとか言っていたな。

そうか、黒葉はバステトとその時に会っていたのか。

「故意であろうと事故であろうと、猫を傷つけたのは事実じゃ。そこでわらわは罪を浄化する必要はないと判断し、黒葉にかけた呪いを永久な時間になるよう塗り替えた」

「ま、待ってよ！　それじゃあたし、ずっと猫のままってこと⁉」

黒葉が金切り声を上げる。一旦、呪いは一ヵ月の期間だと聞かされて、結局は解呪されないなんてそんな辛《つら》い話はない。

「慌てるでない。話は最後まで聞くのじゃ」

ここでバステトの神プレッシャーが消え、ただの幼女の様相となる。

「黒葉のしてきたことにはわらわも腸《はらわた》が煮えくり返る思いじゃ。人間とは愚かな生き物であるとも決めつけた。しかしそこにいる康介は昨日、一匹の猫を救ってくれた事実がある。それに対する恩義の念は忘れておらぬ」

「いや、俺は腹を空かせた猫に餌をあげただけだけど……」

そんな大袈裟《おおげさ》なことをしたつもりは毛頭ない。電車でお年寄りに席を譲ったくらいの感覚だ。

「にゅふふ、救われたあの猫は感謝しておったよ。同時にわらわも感心した。人間にはこのような者もいるのかとな。であれば助けてもらった礼として、康介が庇《かば》うその娘にチャンスを提示してやろうと考えたのじゃ」

チャンスと聞いて、俺と黒葉は息を殺して耳を立てる。今のままだと条件がハードモード過ぎて攻略の糸口も見出《みいだ》せない。

「どうすればいい？」

「話は簡単じゃ。わらわの呪いを解く方法は二つある。すなわち『恩恵』を受けるか『等価交換』をするかじゃ」

「恩恵……？」

「等価交換ってさっぱり意味がわからないんだけど！」

俺らは二人して首を傾《かし》げる。話が全然簡単じゃなかった。

「ふむ。ならば目に見える形で教えてやろう」

するとバステトの体から淡い光が生まれる。

「うおっ、これは……？」

「このように、どの猫にも加護のような不思議な力があっての、猫を助けるとその恩返しに守護的な霊力を相手に与えるのじゃ。これが恩恵と呼ばれるもので、恩恵を多く受けた人間はその力であらゆる災厄から守られ、そしてわらわの呪いも効かなくなる」

その説明にハッと何かに気づく。まるで研いだハサミが見事に嚙み合ったようだ。

「呪いが効かない……。そうか、どうして俺だけが黒葉を普通の姿に見えるのかずっと疑問だったが、その恩恵とやらのおかげだとすれば納得できる。なあバステト、もしかして俺は恩恵とやらを受けているんじゃないのか？」

「にゃはは、その通りじゃ。わらわは康介を一目見た時から、お主が恩恵を備わっておる人間じゃと気づいておった。誇るがよい。お主がそれだけの猫を助けてきた証明なのじゃからな」

なるほど。これで不思議に思っていた事象のほとんどが氷解した。

数は覚えていないが、母の教えもあって困っていた猫はたくさん手を差し伸べてきたつもりだ。昨夜もそうだったが、普通は猫が倒れていても見て見ぬ振りをしてしまう。つまりほとんどの人は恩恵を受けておらず、他の大抵の人は呪いを受けた黒葉が猫に見えてしまうのだろう。

「そうなると、猫をペットで飼っている愛猫家《あいびょうか》なんかも黒葉にかかった呪いの影響を受けていない可能性が高いな。でも涼葉さんに関しては……」

「無理ね。猫アレルギーのお姉ちゃんが猫の恩恵を受けられるはずがないわ」

「だよな」

希望的観測は妹の黒葉によってすぐに否定される。

どうにも悪循環な巡り合わせだ。もしも猫以外の動物であれば、心優しい涼葉さんなら恩恵を受けられていたかもしれないのに。

「ねえ、もう一つの等価交換ってどういうことよ？」

黒葉がバステトを睨《にら》みながら訊《たず》ねる。

「等価交換はその名の通り、呪いを解く代わりに贄《にえ》を捧《ささ》げることじゃ。現在、お主は猫となって家族と離れ離れの生活を強《し》いられておる。それが罰じゃ。であれば、その罰に匹敵する何かを捧げる、もしくは誓約すれば解呪してやろう」

説明自体は単純だが、中身はなかなかに難しい内容でもある。

家族と暮らす権利なんて、言ってしまえばプライスレスだ。それと同程度の何かを捧げるなんてお金とかでは済まないだろう。

「バステト、それってどれくらいのものを要求しているんだ？」

「そうじゃな、ついでにそれぞれの目安も伝えておくかの。呪いを解くほどの恩恵を受けるならば、猫の命を最低十匹以上救うこと。等価交換なら、例えば思い出の記憶など、その者が一つしか持ち合わせぬ大事な何かを捧げてもらうのじゃ」

「思い出の記憶って……、お姉ちゃんやママのことを忘れちゃうってこと？」

「そうじゃ。その二人が真にお主の大切な人ならば、どちらかの記憶は捧げてもらう」

「じょ、冗談じゃないわよ。はいそうですか、って簡単に渡せるもんですか」

その通りだ。人は数多《あまた》の経験をして、その過程で今の自分を作り上げている。記憶を失《な》くすという言葉は、そいつ自身でなくなることを意味している。

「一応教えておくが、わらわを殺す手もあるぞ？　術者であるわらわを叩《たた》けば、それでも呪いは解ける」

射竦《いすく》める鋭い眼光と、冷たい声音《こわね》に背筋がゾクッとする。

横目で見ると黒葉の肌はカッと赤くなっており、眉間《みけん》に皺《しわ》を寄せ、力強い決心をしたかのようにギュッと拳《こぶし》を握る。

何を考えているのか理解した俺は、黒葉の握り拳の上からそっと手を置いた。黒葉はこちらを見たので静かに首を横に振る。

「わかった。恩恵か等価交換だな。どちらかをクリアすれば黒葉の呪いを解いてもらえるんだな。約束したぞ」

そう言うと、バステトは少女らしからぬ笑みを湛《たた》えた。「やれるものならやってみろ」

と言わんばかりの挑戦的な眼差《まなざ》しである。

「康介、そして罪人である黒葉よ。お主たちの意志の強さ、この目でしかと見届けさせてもらうのじゃ」

「ああ、人の絆《きずな》が猫の絆にも負けないってことを証明してやるさ」

こうなったらもう進むしかない。

すると、手のひらに温かな熱が伝わってくる。猫が甘えてくるように、黒葉がいつの間にか俺の手に手を重ねていた。

●

猫神は言いたいことを言い残し、この場からとっととといなくなる。

俺たちはしばらく放心状態であったが、二人してお腹《なか》が空いたので、まだ夕飯を食べていないことを思い出した。

それから黒葉が手早く料理を作ってくれて、俺たちは少し遅くなった夕食の時間を過ごす。食事中は互いに様子を窺いながらも沈黙し、結局は食べ終えてからようやく重い口を開いた。

「とんでもないことになったな」

「まったくよね。猫神が出現とか、まさかあの都市伝説が本物だと思わなかったわよ。でもネットに情報があるってことは、あたし以外に呪いをかけられた人もいるのかしら？」

「ああ、信憑性《しんぴょうせい》は高いな。猫に悪さをしたら呪われるという内容は合っていたし、どうにかして解呪した人がネットに書き込みでもしたんだろう」

だけど俺が見たページには解呪方法まで記されていなかった。等価交換で何かを犠牲にしてしまい、その自責の念があって書かなかったのかもしれない。

「じゃあさ、呪いで死んじゃったって話も真実なの？　だったらさすがに怖いんだけど」

「おそらく結果的にそうなったんだろうな。黒葉も車や自転車の事故に遭いやすくなっているし、協力者がいなければ食べ物にありつくことすら難しいだろ？　それにもしも呪いで猫のアレルゲンが自分にも降りかかってしまうとしたら、涼葉さんみたいな人が呪われたら一発でアウトだ」

「お姉ちゃんみたいな人？　ああ、猫アレルギーかどうかってことね。自分自身が毒となって死んじゃったら確かに悲惨だわ」

俺はコクッと頷《うなず》く。

「そういう意味じゃ、黒葉は涼葉さんを守ったことになるんだぞ。黒葉が倒れていた猫を追い払っていなかったら、翌朝には涼葉さんがそうしていたかもしれない。そうなったら呪われていたのは黒葉じゃなく涼葉さんになっていた」

「そっか。実はお姉ちゃん、かなり危なかったかもしれないんだ。ならあたしが家出したのも結果的に良かったんだね」

「ああ、決して無駄じゃなかった。お前は姉の命の恩人なんだ」

まさしく怪我《けが》の功名だろう。紆余曲折《うよきょくせつ》あって呪われた黒葉は不運でしかないが、黒葉の行動が涼葉さんの運命を変えたと言ってもいい。

「それ聞いてすっごく安心した。だったらあたしが考えるべきはどうやって呪いを解くかになるわね」

「言っておくが、さっきみたいにバステトを殺そうなんて考えるのだけは絶対にダメだぞ。見た目以上に危険な存在だとわかったし、そもそも神殺しをして本当に呪いが解かれるかの保証はどこにもない」

「わ、わかっているわよ。でもあの時、康介があたしの手に触れてくれなかったら自分でも抑えられなかったかもしれない。あたしを止めてくれてありがとね」

黒葉にジッと見据《みす》えられて感謝の言葉をもらう。

この子は良くも悪くも直情的な性格だ。これが女子高生らしいといえばそれまでだが、黒葉は特に考える前に行動に移す傾向がある。今は俺しか諫《いさ》める立場がいないのだから注意しないと。

「あいつの言う等価交換はあり得ないわよね。なら、消去法でもう一個の方を受けるしかないのかな」

「恩恵か。ただそれは……」

正直、そっちも厳しいと感じていた。

バステトは最低でも十匹の猫を救えと言っていた。しかも俺ではなく黒葉が救わなければ意味がない。猫を救うにはそれなりの財力が必要だし、場合によっては他の人の力を借りなければならなくなる。現在、見た目は猫で中身がＪＫの黒葉ではどうしようもない。

仮に救える力があったとしても、そんな数の猫と巡り合うにはかなりの時間を要してしまうだろう。とてもじゃないが夏休みの間で終わらない。

でもまあ、今はこれを口に出すのはやめておくべきだな。わざわざ黒葉にショックを与える必要はない。

「どうしたの、康介?」

「ん、いや、なんでもない。そうだな、これからは困っている猫がいたら積極的に助けていこう。それと並行して、等価交換についてもどうにかならないか考えてみる」

「そう? わかったわ、あんたを頼りにしてる」

黒葉がニコッと笑ったので、俺も合わせて笑う。ただ、こちらは苦笑いであったが。

「恩恵と等価交換か……」

ポツリと呟《つぶや》く。

この二つを上手く使えば、もしかしたらという考えを既に見つけた。

ただ、現状では無理だ。確実に実行するにはやはり時間が必要となるし、そうなると黒葉を心配する彼女にはどうしても一報しなければならない。

「なあ、黒葉。あとで涼葉さんにメッセージを送ってもらえないか？」

「お姉ちゃんに？　別にいいけど、なんて送ればいいの？　今日、猫神に会ったよ～って自慢話とか？」

「さすがにそれは伏せておけ。ふざけていると思われるのがオチだ。文面は黒葉に任せるが、必ず帰るけどもう少しだけ時間をもらいたいって内容だ。あとはそうだな、無事を知らせる意味で食事なんかの写メをすると真実味があって良いだろうな」

「りょーかい。ところでお姉ちゃんとは昨日、飲みに行ったんだよね。お姉ちゃん、あたしがいなくても元気にしてた？」

この問いに、俺は少し言い淀んでしまう。

しかし今も大変な目に遭っている黒葉に、これ以上は追い打ちをかける必要もない。今日、涼葉さんが会社を休んだことも秘密にしておこう。

「元気だったけど、ちょっとだけ寂しそうだったな。一人暮らしはもう飽きたみたいで、早く妹が帰ってこないかなって愚痴られたぞ」

「あ～あ、お姉ちゃんったら寂しがり屋でしょうがないな。こうなったら早く呪いを解いて、お姉ちゃんが泣いちゃう前に顔を見せてあげないとね」

「そうだな。家に帰って、姉孝行でもしたらきっと喜ぶんじゃないか」

「気が向いたらそうする。あっ、ちなみなんだけど。康介さ、写メって言い方もう死語だからやめた方がいいわよ」

「え、マジで⁉　俺が初めて使った携帯はガラケーだけど、その頃は普通に使っていたぞ」

「あははは、ガラケーなんて今時の子は見たことも触ったこともないわよ」

「マジか。ある意味、猫神に会ったことよりも驚きだ」

時の流れのスピードは本当に恐ろしい。元号が平成から令和へと移り、俺の知っていた文化もこうして消滅していくんだろうな。

それでも、姉妹揃《そろ》ってこの笑顔が見られる日が一刻も早く来てもらいたい。

そう思う一日の締めくくりであった。

幕間 ◆ 神様はたまに昔を振り返る

「にゃにゃん」

「ただいまなのじゃ。元気にしておったか？」

霧戸《きりと》神社へと戻ったわらわを一匹の猫が出迎えてくれた。

そのまま境内《けいだい》の切目縁《きりめえん》に腰をかけると、その者がわらわの膝《ひざ》の上にピョンッと飛び乗る。袴《はかま》の感触が気に入っておるのか、顔をすりすりと擦《なす》り付《つ》けてきた。

こ奴《やつ》のことを、体の模様から虎鉄《こてつ》と呼んでいる。

「うにゃ？」

「そうじゃ、虎鉄。お主を助けた佐藤康介《さとうこうすけ》に会ってきたぞ。ちゃんと感謝していたことを伝えたからの。ついでにかの呪った娘とも会ったのじゃ」

「みゃみゃ！」

「うむ。あの件で亡くなったのは虎鉄の姉であったな。康介がお主を助けたように、河嶋《かわしま》黒葉《くろは》がお主の姉を助けておったのなら確かに死なずに済んだかもしれぬ。なのでわらわもあの娘に呪いをかけた。しかしの、助けられなかったわらわも同罪なのじゃ」

先ほどは康介には痛いところを突かれてしもうた。あの時は平然を装《よそお》ったが、わらわ自身の力不足だと罪の意識を植えつけられたのは間違いない。

「神の身でありながら嘘《うそ》を吐《つ》いてしまったのじゃ。わらわの呪いは最初から永久なのに期限の設定をしておったという建前をな。まあ、元から黒葉には機会を与えるつもりじゃったから問題はなかろうがの」

「にゃにゃん⁉」

「そう言うでない。お主は納得しないだろうが、黒葉は康介と生活を共にしておる。そして黒葉が不幸な目に遭えば康介も悲しむじゃろう。虎鉄はそれでも良《い》いのか?」

「ふみゃ〜」

虎鉄はしゅんと項垂《うなだ》れ、バタバタと動かしていた尻尾《しっぽ》も力なく下げる。

わらわはそれを見てクスッと笑い、そして空を見上げた。

もう子《ね》の刻《こく》となって空には夜の暗い空間が広がっている。微《かす》かに灯《とも》る光は、数えられるだけの少ない星々と下弦の月だけ。

「あの日もこんな月の夜じゃったかの」

「にゃん?」

虎鉄が小首を傾《かし》げて見上げてきた。

「ああ、昔の話じゃ。あれは確か三十年以上も前のことじゃった。今回と同様、わらわはある人間の娘を呪ったことがあるのじゃ」

口に出すと、まるで昨日の光景のように鮮明に思い出す。

そういえば黒葉にあれだけの敵意を向けられたが、あの者も同じ目をしておったな。

「にゃうにゃう？」

「うむ。その者も学生の身分で、なかなかに気の強い女子《おなご》であった。わらわはその娘をとある理由で猫にしたのじゃが、どうにか呪いを解こうと抗《あらが》ったのでよく覚えておる」

「にゃにゃ？」

「にゃはは、わらわの呪いは一人で抗ったところでそう簡単に解けるものではない。じゃがの、その娘には一人の友人がおったのじゃ。それも猫の恩恵を受けた娘がの。そして二人で力を合わせ、どうにかして解呪を成功させた経緯がある。二人の名は確か……、イノリにミズハと名乗っておったか」

あれには驚かされた。

人間は家族のためなら命を懸ける習性はあるが、他人に対しては途端に冷たくなる。わらわもその部分が好きになれず、人間に飼われている猫を哀れにも思っておった。

しかしこの出来事は、人の温かさを見せつけられたような衝撃的な事件であった。そして今回も類似している箇所《かしょ》がいくつかある。

「にゃうん？」

するると虎鉄がわらわの顔をジッと眺《なが》め、ある指摘をしてきた。

「おお、知らずうちに笑っておったのか。いや何、今回の二人が三十年前のあの二人のようになるのか、それともまた違った結果を見せてくれるのかが楽しみなのじゃ」

話はこれで終了。聞き届けた虎鉄は自らの顔を洗う仕草をする。

それを見て、明日の天気は雨か、と少しだけアンニュイな気持ちになった。

第5章 ◆ 雨のち晴れ

どんよりとした雨模様の空。

こんな日に出勤するのは心情的にも気が滅入《めい》るけど、簡単に休めないのが社会人の辛《つら》いところだ。ベッドの上で「だるっ。今日はサボっちゃおうか」と独り言をしたのは一度や二度ではない。

しかしながら家から会社まで近いこともあり、律儀に始業の二十分前で出社する俺。立派な社畜に染まりつつあるんだなと痛感する。

こうなってしまったのも、所属する経理部には時間に正確な社員が多いからだ。課長以外は全員が十五分前行動を心がけている。つかあのぽっちゃり課長、部長より遅れて来るから、ある意味で部内一メンタルが強いよな。

そんなこんなで、いつもは始業時間までに仕事のスケジュールを確認して準備をするのだが、この日はなんと涼葉《すずは》さんから話があると無人の会議室に呼び出された。

二人きりとなったこの状況。まさかとは思うが、なんとなく期待を膨《ふく》らますドキドキのシチュエーションだ。

「えっとね、まずは昨日お休みしてごめんなさい。預金振替とか銀行関連の手続きを康介《こうすけ》くんがやってくれたって清水《しみず》先輩から聞いたよ」

開口一番、涼葉さんにペコッと謝られてしまう。

ですよねー。むしろ真面目な彼女からすれば安易に予測できた行為だ。愛の告白をされるかも、と少しでも考えた自分がアホらしい。

「気にしないでいいよ。普段とは違う作業をするのって結構面白いからさ」

この発言は気づかいではなく本音《ほんね》も含まれている。社会人になってみて仕事で一番キツイと感じた部分は、刺激のないローテーションを繰り返すところにある。だがしかし、失敗が許されない責任のある作業は精神的にやられるので御免被《こうむ》りたいけどな。今回は比較的楽な業務だったから楽しくやれた。

「うん、ありがとう。それでね、康介くんにちょっと聞きたいことがあって……」

「俺に聞きたいこと？」

はて、仕事のことだろうか？　でも俺より知識豊富な涼葉さんに教えられるのかな。

「今朝《けさ》、妹から連絡があったの。定期的にＲＥＩＮを送ってくれるんだけど、今回は朝ごはんの写真付きだったんだ。多分、あの子が作ったんだと思う」

「へえ。涼葉さん、誰が作った料理かなんてわかるんだ？」

「うん。我が家で作る味噌汁《みそしる》はニラと卵が入っているから。わたしは大人になって知ったんだけど、これって一般のご家庭だと珍しいみたいね」

　今朝は白米に味噌汁、卵焼きにウインナーに漬物と日本人らしい食卓だった。涼葉さんの言う通り黒葉《くろは》の作る具材の味噌汁は珍しく、初めて食べた時は口に合うのか半信半疑であったけど、これがまた実に美味《うま》かった。

「でもね、不思議な点が一つあるの」

「不思議な点？」

「妹から友人宅を転々と泊まらせてもらっているんだって聞かされていたわ。でも、普通なら客人に朝ごはんを作らせるなんてさせない。だって世のお母さんにとって台所は自分のテリトリーみたいなものだから」

　思わずギクッとなる。そんなこと、男の観点から考えもしなかった。

　落ち着け。涼葉さんはただ疑問に思っただけだ。

「あー、それは黒葉さんが手伝ったからじゃないかな？　泊めてもらったお礼だとかで」

「うふふ、きっとそんなところね」

　そう言う涼葉さんの表情はにこやかではあるけど、どこか歪《ゆが》めた笑みだ。

　あれ？　俺、何かおかしいことを言ったか？

「ほ、他には何かなかったの？」

「追記で、家に帰るのはもうちょっと待ってだって。そして夏休みの宿題もきちんと自分一人の力でやるとも書いてあった。あと……」

涼葉さんは一呼吸間を置く。

「お姉ちゃんに酷《ひど》いこと言ってごめんなさい。帰ったら仲直りしようね。……って書かれていたわ。あの子からあんな殊勝な文が届いたからビックリしちゃった」

「そう、良かったじゃないか」

涼葉さんが頷《うなず》く。そして優美に目を細め、視線を落とした。

「実はね、あの子と喧嘩《けんか》した理由はわたしが約束を破ったからなの。仕事が忙しくて、あの子の誕生日を祝えなかったんだ。その日は一緒に外食に行こうとしていたんだけどね。夜遅くに家に帰ったら『嘘《うそ》つき！』って怒鳴られて、そのまま荷物を持って飛び出しちゃった」

ふむふむ、それが原因だったのか。

喧嘩して黒葉が家出した話は聞いていたけど、喧嘩の内容がなんともこの二人らしくてほのぼのする。結局は二人ともお互いが好きなんだな。

「でも今の妹は家出する前とは少し違う気がするの。ちょっとだけ大人になったかもしれない。これは姉としての勘だけど、訪問先でいい出会いでもあったのかしらね。康介くんはどう思う？」

涼葉さんは真相を探るようにジッと見据《みす》えてきて、瞳の奥は笑っていない。

　この人にこの目をされると、どうしてなのか嘘を全部見透かされている気分になってしまう。

「さ、さあ、俺に言われても……」

　背中に、暑さが原因でない汗が流れる。しっとりと冷たく、背筋が震えた。

　バステトは神様としての覇気で威圧感があったが、涼葉さんは笑顔の裏に激しいプレッシャーを隠していて違う意味で恐ろしい。

「まあ、そういうことにしておきましょう」

　この涼葉さんの言葉にどんな意味が込められているのか真意を測りかねる。

　そして涼葉さんはスッと笑みを消すと、唇を指で撫《な》で、再び値踏みするような瞳で見つめられる。そのままこう続けた。

「康介くん。これから話すことはあなたにではなく、わたしの独り言だと思って聞いて欲しいのだけど……」

「え、独り言？　えっと、はいどうぞ……」

「わたしは妹を自分の娘みたいに大切に想《おも》っています。でもあの子はまだ高校生だから、男の人と女の人とのそういう夜を営《いとな》む行為はまだ早いと思うの。もしも万が一、いえ億が一そんな雰囲気になったとしたら、絶対に避妊をする必要があります」

「はあ……」

一体、涼葉さんは何を言い出したんだろう？

いきなり保健の教育を始められても困惑でしかないのだが。

いやしかし、女教師に生徒は俺一人という状況と考えれば悪くない。これはもしかして涼葉さんなりの誘惑………、ってそんなわけないか。

「これに関して康介くんはどう思うかな？」

「あ、いや、涼葉さんのおっしゃる通りかと。昨今の高校生は初体験が早いと言われているが、俺は精神的に成熟した大人になるまで待つべきだと思うな」

「なら、大人が高校生とお付き合いすることに関してはどう？　歳《とし》の差《さ》カップルは珍しくはないけれど、わたしは大人と子どもでは倫理的に問題があると思うのよ」

「全くの同意見だね。学校で先生と生徒がふしだらな関係になったとニュースでよく耳にするが、そういうのはまず大人が自重しないとな。さもなきゃ生徒が不幸になる」

よくわからないので、とりあえず彼女に賛同するそれらしい意見を語った。

「そうよね！　さすが康介くん、わたしは信じていたわ！」

すると涼葉さんは俺の手をギュッと握って破顔した。どうやら正解のコメントをしたみたいだ。乾いた笑いしか返せないので、できれば解説をしてもらいたい。

「ねえ、康介くん。黒葉は元気にしているかしら？」

「うえぇっ⁉　いいえ、あの俺、妹さんに会ったことないからわっかんないな～」

「む～、頑《かたく》なね。でもいつか二人から話してくれるのを待っているから」

そうして涼葉さんは一足先に会議室を後にした。

どういうことだったのか、その場に残り涼葉さんの最後の問いを熟考してみる。

どうにも俺が黒葉と一緒にいるのだと疑っているニュアンスだった。でも涼葉さんに感づかれる失態はしていないはずだが。

「待てよ、もしかして名前か？」

最後のやり取りで、「黒葉は元気？」に対して、「妹さん」と答えてしまっている。

振り返れば、涼葉さんは黒葉のことを常に「妹」か「あの子」と呼んでいた気がする。

つまりは俺が涼葉さんの妹の名を知る機会はないし、実際に、黒葉と会うまではその名を知らなかった。

そのことが俺を疑うきっかけになったとしたら――。

「やばい、完全に失態だ」

涼葉さんに黒葉の居場所を気付かれた可能性がある。だけど涼葉さんはこれ以上追及してこなかったし、やはり心配のし過ぎなのかも？

う～んと唸《うな》っていると、涼葉さんの入れ替わりに清水さんが会議室へ入ってきた。

「佐藤《さとう》、そこで腕組みして何を唸っているんだ？　始業したらここは打ち合わせに使うからさっさと出ろよ」

「あ、はい。もうそんな時間ですか。準備しなきゃな」

「それよりも佐藤、お前よくやったな」

清水さんがニヤリと笑って、急に背中をバシッと叩《たた》かれる。

「けほっ！　何なんですかいきなり？」

「河嶋《かわしま》のことだよ。昨日は休んだから心配したが、さっきあいつの顔を見たら随分とスッキリした様子だったぞ。お前との飲みがいい方向に働いたみたいだな」

「えっ、涼葉さんの表情が明るかったんですか？」

「おお、俺も久方ぶりに河嶋の笑顔を見た気がする。これで経理部も明るい雰囲気に戻るだろうから良かった」

そうか、笑っていてくれたか。

黒葉のことがバレたのかと冷や冷やしたが、何はともあれ涼葉さんが元気になったのならホッとした。

これで心配事の一つはしばらく平気だろう。

でも結局、黒葉にかかった呪いをどうにかしないと最終的な解決にはならないのだ。

●

適度な残業をして今日も帰宅。

扉を開けて出迎えたのは、バスタオルだけが巻かれた格好の黒葉であった。

「あ、康介。おかえり～」

「おまっ！　なんつー格好してんだ⁉」

「仕方ないじゃん。外から猫の鳴き声が聞こえた気がして、この雨の中を急いで飛び出したんだもん」

黒葉の体から湯気が出ている。どうやらさっきまで風呂に入っていたらしい。

「にしてもだな、妙齢の女の子がそんなはしたない姿で……」

湯上がりの体にバスタオル姿の女体はなんとも艶《なま》めかしい。覗《のぞ》かせるスラッとした手足も褐色肌が相まってとにかく色っぽいのだ。

いやいや、バカか俺。ガキの体をジロジロ観察するなっての。

「ふふん。どうやらあたしの体に興味津々みたいね。見たい？　いや～ん、康介に犯される～」

「バカなこと言ってないで、さっさと服を着ろ。夏だからって油断すると風邪ひくぞ。今のお前が病気になっても、動物病院にしか行けないんだからな」

「は～い。じゃあ、あんたもさっさと風呂に入ったら？　あたしが浸《つ》かったばかりの新鮮なお風呂よ」

「お、おお……。てか、浸かったばかりだと新鮮じゃねえよな」

なんかもう、黒葉も随分この家に慣れてきたみたいだ。良《い》い傾向だが、段々と厚かましくなっている感がある。


風呂から出ると見事な献立《こんだて》がテーブルに並べられていた。

こういったジメジメする日にも食欲をそそるトマトの冷製パスタにポテトサラダ、アイスコーヒーが用意されてある。どこぞのお洒落《しゃれ》なカフェにでも出てきそうなメニューだ。男の一人暮らしではなかなか味わえない料理に喉が鳴る。食べてみるとやはり美味い。

「うん、我ながら上々の味。天候に合わせて料理を作るなんてさすがあたしね」

「自画自賛だなぁ。そういやさっき雨の中飛び出したって言っていたが、もしかして困った猫を探しに外に出たのか？」

「まあね。このまま家に閉《と》じ籠《こも》ってても進むのは宿題くらいだもん。結局、猫は見当たらなくて成果を上げられなかったけど」

「何をするかは黒葉の自由だから口酸っぱく言うつもりはないが、あまり一人で出歩くのは控えとけよ。こんな雨だと余計に危険だろ？」

「逆よ、逆。雨だと自転車は走らないし、通行人も傘を差すから道端を歩く猫を注視しないから楽なの。まあ、視界は極端に悪くなるから車には特に注意しなきゃだけど」

「へえ、それはまた盲点だった。でも雨の日は猫も活動しないんじゃないのか？　確か猫って水を苦手にしていたはず」

「そうなのよね。ほら、漫画とかだと不良とかが雨で濡《ぬ》れている捨て猫とか拾ったりするじゃん。あれはギャップ狙いかもしんないけど、俺様本位な不良がするのはどうかと思うの。現実味がなく思えて、ああいうの読むといっつも冷めちゃうのよね」

「なんか趣旨がブレていないか？　いつの間にか漫画の批評になっているぞ」

「えへっ。ま、そんなわけで雨の日に捨て猫はいなかったわ」

やはり猫助けによる恩恵を受けるのは大変そうだ。

「ところでさ、お昼頃にお姉ちゃんから返信があったの。文面が『相手の方が紳士なのだから、あなたも淑女《しゅくじょ》らしい振る舞いをするのよ』だって。あたし的にさっぱりイミフなんだけど、これってどゆこと？」

そう訊《き》かれて、やっぱりな、と思いつつ俺は頭を抱えた。

「あの、だな、落ち着いて聞いてくれ。もしかして涼葉さんに黒葉が俺の家にいるのを気づかれたかもしれない」

「はあ⁉　えっ、ちょ、なんで？　康介、まさかお姉ちゃんにあたしのことを言っちゃったの⁉」

「いや、断じて話していない。実は……」

申し訳なさから力なき声で、今日の会議室での涼葉さんとの会話を語った。性教育の話題は当然カットしたけどな。

そして俺の話を聞き終えた黒葉が盛大なため息を吐《つ》く。

「なるほどね。康介がお姉ちゃんの前であたしの名前を言ったかもしれないから、そこからバレた可能性があるってわけか。あんた、迂闊《うかつ》過ぎるわ」

「すまん。だが涼葉さんにバレたのなら、黒葉を家に帰すよう言ってくるはずだろ？　しかしそれ以上の追及はなかったし、やはり気づかれてないんじゃないかとも思っている。妹の立場から涼葉さんの真意を測れないか？」

「う～ん、あたしの性格を考えた上で自発的に促《うなが》しているのかもしれないし、もしくは油断させておいて不意打ちで康介の家にやってくるかもしれない。お姉ちゃんってたまにあたしでも行動が読めないのよね」

妹でも読めないなら、他人の俺はもっと無理だ。

「まあしかし、仮に連れ戻しに来たとしても、当の黒葉の姿は涼葉さんには見えないから心配はないが……」

楽観的にそう考えたが、黒葉は険しい顔をする。

「バカね。あたしが猫に見えても荷物はそこにあるわ。もしお姉ちゃんがあたしの私物の一つでも見つけたら、逆にあたしがいない状況がより事件性を臭わせて、康介への不信感は一気に広がるわよ」

「う……、そうかも」

そうなった時の言い訳はさすがに思いつかない。最悪、即座に警察へ通報される恐れだってある。

だとするとこの現状はかなり切羽詰まっているんじゃなかろうか。

「康介、どうする？　返信の内容からしてお姉ちゃんはまだ確証がないから、数日間は様子見すると思う。けど明日は土曜で会社も休みだし、もしかしたらこっそり訪問してくるかもしれないわよ」

涼葉さんをこの家へ呼んだことは一度もないが、正月に年賀状を送り合ったので住所は知られている。そうなると、黒葉の言う通りになる確率は充分にある。

だとすれば黒葉の猫化を速やかに解決するのが一番だが、それもまだ叶《かな》わない。

仕方ない。ここは俺が考えた策を実行するための環境作りに費《つい》やすか。

「黒葉。明日は一緒に出かけよう」

「えっ、こんな時に外出するの？　あー、わかった。お姉ちゃんが来てもいいように留守にするわけね」

「いや、せっかくだから呪いのことは一旦忘れて、パーッと遊びに行こうか」

そう提案すると、黒葉は目を丸くした。

昨日までの曇《くも》り空《ぞら》が一転して見事に晴れた。本日も蒸《む》して気怠《けだる》い真夏日となったけど、雨の中を出歩くよりはよっぽどマシだ。まあ、隣にいるこいつは暑そうに手で扇《あお》いでいて、やや不機嫌そうだが。

現在、俺たちは都心部の繁華街に向かおうと電車の中である。まだ時刻が十時頃で乗客が少ないこともあり、会話をしやすいよう隅っこの席に座っていた。

「それで康介、今回のこれにどういった意味があるのよ？　パーッと遊ぶってマジ？」

「ああ、遊ぼうとしているのは本当だ。俺もたまには気晴らしをしたいし、黒葉だっていつも家と近所くらいしか行動できないからストレスが溜《た》まっているだろ？」

「それはそうだけど……、こんなのんびりしていいのか気が焦《あせ》るわ」

「安心しろ。これは遊びと同時に呪いの検証も兼ねている。上手《うま》くいけば一瞬で解決に導けるかもしれないぞ」

「どういうこと？」

黒葉がギュッと俺の腕を掴《つか》んでいる力を強くする。毎度のことだけど、外出時にこうして女の子とくっ付いてなきゃならんのは、女子高生が相手でもどうにも照れくさい。

「前々から呪いの有効範囲が気になっていたんだ。猫神《ねこがみ》——バステトは霧戸《きりと》神社を拠点にしていて、おそらくそこから猫が歩ける範囲にしか動かないはずだからな」

「どうして？　あいつは人間に化けられるんだし、やろうと思えば電車やバスに乗って遠出くらいできるでしょ？」

「いや、猫神の存在自体が猫を見守る立場のはずだからそれはない。黒葉の家の前で倒れていた猫もそうだったように、いざとなればバステトを頼って霧戸神社に向かうのが猫たちに周知されているようだった。つまりバステトは猫たちのために、すぐ駆けつけられる場所に待機しなきゃならない。となれば連動して、バステトの呪いの範囲もそこまで広くないのではと推測できる」

「ホントだ。言われてみればそうかも。じゃあ康介は、あいつから離れたら呪いは効かなくなるって考えていたんだ？　さっすが大人の知恵ね。康介、カッコいいわよ」

「ふふふ。不思議な力はあっても、神が万能じゃないって証明されているからな。期待していいかもしれないぞ」

　そうして電車に揺られること三十分。ようやく目的地に到着した。

　結果はまあ、そうそう思い通りにはならなかったわけで。

「期待したあたしがバカだったわ。カッコいいって言った褒《ほ》め言葉を返して」

「ぐ……、すまん。猫神様の力を舐《な》めていたかもしれない」

駅から出るとすぐに、通行人の女性から「その黒猫、とても懐いているんですね」と言われてしまった。どうやら市外に行ってもバステトの呪いは継続するようだ。

「ま、まあせっかく遠くまで来たんだしどこか行こう」

「ったく仕方ないわね。康介の奢《おご》りって言うなら付き合ってあげるわ。猫のままだとお金なんて払えないもん」

「わかった。だがあまり高いものはやめてくれよ」

「あはは、安月給のあんたにそんな要求はしないわよ。ほら、行きましょう」

そうして黒葉に腕を引っ張られ、俺たちは街中へ突入する。

●

朝は何も食べないで出発したので、まずは早めの昼食を摂《と》ることにした。

だが猫に見える黒葉と一緒だとレストランなど洒落《しゃれ》た店には入れない。そこで俺たちはコンビニで適当に弁当や飲み物を買い、店員に見つからないようにこっそりとイートインを利用して食事する。

食べ終えると、そのままショッピングセンターに併設された映画館に向かう。映画館だ

と暗転して音も鳴り響くので、猫がいても気づかれないと考えたわけだ。黒葉もそれを了承してくれた。

「チケットはこれから買うわけでしょ。一体何を観《み》るつもりなの？」

「ん～、そこまでは考えてなかったな。俺はどれでもいいから、黒葉が観たいのをチョイスして構わないぞ」

「康介、減点！」

「痛っ！　えっ、俺、何かしたか⁉」

いきなりデコピンされてダメ出しされる。

「いい、康介。女の子に決定権を与えるのって男からすれば優しさのつもりなんだろうけど、こちらからしたら優柔不断でしかないわ。どんな女の子でも、心のどこかで男の人から強引に引っ張ってもらいたい願望があるんだから。それもわからないようじゃ、いつまで経《た》ってもモテないわよ」

「え、そうなのか？　でも変なのを選んだら女性は反対するだろ？」

「当たり前じゃない。その時は相手の人格を疑うだけよ。前にさ、クラスメイトの男子に誘われて映画に行ったことがあるんだけど、そいつ、特撮のヒーロー物にしようとか言い出したから速攻で帰ってやったわ。それ以来、その男子とは価値観が合わないんだなって、一度も会話してないし」

「いやその男子、可哀想《かわいそう》過ぎだろ！　不登校になってもおかしくないぞ！」

見ず知らずのその男子に同情する。俺も学生時代にそれとよく似た理不尽な目に遭ったから気持ちは痛いほどわかる。

高校生の頃、クラスの女子がある男子生徒に好意を寄せていた。その子に頼まれて俺がそいつにラブレターを渡したけど、残念ながらその恋は成就《じょうじゅ》せず。すると翌日、ふられた女子とその友人たちから総スカンを食らう羽目になったのだ。

根本的に男と女って思考が違うんだろうな。

ちなみに俺も特撮系は好きだから観たい作品があったけど、黒葉はNGなのか。だったらこいつが好きそうな映画を選ばないとまた文句を言われそうだ。

「どれにすっかな」

電光掲示板に表示された上映中の作品のラインナップを眺《なが》める。数ある中で、黒葉も納得してくれそうな候補はこの三つくらいか。

一つ目はハリウッドの超大作ＳＦシリーズ物の新作だ。これは数十年に亘《わた》ってシリーズ化されている映画で、物語のスケールや迫力あるＣＧがいつもファンを熱狂させる。

二つ目は韓流映画だ。アカデミー賞も確実なのではないかと噂《うわさ》されており、衝撃的な結末のストーリーで、リピーターが続出だという。

三つ目はあの有名監督の邦画アニメだ。まるで本物のようなきめ細かな絵で描かれており、今回は運命に翻弄《ほんろう》された少年と少女の生き方を主題としたヒューマンドラマの話となっている。

どれも甲乙つけがたい面白そうな内容だな。う〜む、どれが正解だ？

「あっ、あたしあれが観たい！」

「え？」

黒葉が指を差したのは『あなたとわたしの秘密の恋』という青春恋愛映画であった。

原作は少女漫画で、通称『あな恋』と呼ばれている。少女漫画に詳しくない俺でもそのタイトルは聞いたことがあった。

バラエティ番組などで、主演のイケメン俳優と若手女優の二人がテレビでよく番宣しており、世間の評判もまずまずらしい。でもこういう作品って、原作か出演者が好きでもない限りお金を払ってまで映画館で観ないジャンルだ。ぶっちゃけ、俺も興味はない。

だが今の俺は、先ほど黒葉から女の子の扱いをレクチャーされたばかりの恋愛強者である。「男が選ぶんじゃないのかよ⁉」という無粋《ぶすい》なツッコミはしない。

「おっ、いいんじゃないか？　これまで女性と映画に行ったことないから、ああいう作品を観る機会がなかったんだ」

「ならちょうど良かったわね。康介、これを観て女心がどういうものか学ぶといいわよ。絶対に感動するんだから、あとで感想をまとめておきなさい」

「う、うぃっす、わっかりやした」

女子高生に教育され、男子高校生のように返事をする。なんとも情けないが、ウインクして笑っている目の前の少女を見て、どうにもホッと胸を撫で下ろす自分がいた。


チケットを大人二枚で購入して上映するシアターへと入る。本来なら猫の分のチケットは必要ない――というか、映画館は基本ペット同伴禁止である――が、席を二人分用意するためだ。入る際は受付の人から黒葉を背中に隠して通った。

客入りは満杯ではないけどそれなりにいて、特にカップル客が多い。そんな中、俺たちは他の人に猫の存在を気づかれないよう、あえて人気《ひとけ》のない角の席に座る。

スクリーンは少し見えづらいけど、黒葉のボルテージは上がっていた。

「映画館って何回来ても、この始まる瞬間はいつもワクワクしちゃう」

「そうだな。俺だけ場違いな雰囲気があるのを除けば楽しめる」

「うぷぷ。周りからは恋愛映画を一人で観る男って思われているもんね。客観的に見たらこっちの方が映画より面白いかも」

「いや、単純に悲しいだけだろ。きっと全米で泣くぞ」

そんなこんなで暗くなり、映画の予告が十分ほど流れてから本編は開始する。

あらすじは女子高に赴任した男の新米教師と真面目な女子生徒が禁断の恋に落ちるスト

ーリーだ。先生と生徒という障害もそうだが、歳の差による微妙な擦れ違いと葛藤のシーンが随所に現れてつい作品にのめり込んでしまう。そして付き合い始めてからのキスやそれ以上の過激な展開となると周囲の女性客がざわざわしていた。

まあ現実にも生徒の卒業後に先生と結婚する事例があるみたいだけど、在学中でこんな風にしていたとしたら大問題だよな。バレた先生は少なくとも懲戒免職だろう。

でも物語はあくまでフィクションとして、映画の中でもヒロインが周りに祝福されてハッピーエンドで幕を下ろす。

室内が明るくなっても、映画の余韻のせいなのかカップルたちは席を立たずにイチャコラとし始める。

そんな惚気《のろけ》に当てられたくもないので、黒葉の腕を摑んでさっさとその場を後にした。

●

映画館を出た俺たちは、ショッピングセンターの中にあるカフェでコーヒーのテイクアウトを二個注文する。受け取るとフードコートに移動して空いている席に座り、定番通りに映画の感想会をすることになった。

「期待はあまりしていなかったが、物語も役者もかなり良かった。恋愛映画ってこんなにも楽しめるんだな。黒葉はどうだった?」

「うん、予想以上に面白かったわ。あたし、『あな恋』の漫画は持っていないけど、今回の映画を観て続きが気になっちゃった」

「へえ、まだ原作の方はやっているのか。映画の物語が綺麗《きれい》にまとまっていたし、てっきり完結したのかと思っていた」

「それがね、映画だと二人は結ばれた結末になったけど、漫画の方はまだヒロインと先生が結ばれていないの」

「えっ、そうなのか？」

　ドラマ化やアニメ化をする際には、原作のストックに追いつかないようオリジナルストーリーを盛り込むのはよく聞く話だ。でも映画だと、原作を大幅にカットすることはあっても結末を改変するなんて珍しい。

「それがね、二通りの完結を見せるコンセプトで、原作者側が映画化に踏み切ったんだってネットニュースに書かれていたわ。そうすればファンは二重に楽しめるからみたいよ」

「ほ～ん、斬新なアイディアかもな。それなら映画から作品を知った人も漫画に興味を持ちそうだ。ちなみに原作だとヒロインはどうなっているんだ？」

「最近だと別のヒロインが登場して、先生と三角関係の修羅場に突入したから盛り上がっているらしいわね」

「なんだそれ？　映画の純愛な話と全然違う展開じゃないか」

「でしょ。だから続きが知りたいのよ」

裏話を含め、そんな展開になっていると聞かされると俺も興味を持ってしまう。

くっ、完全に販売元の狙い通りにやられているな。

「ところで康介ってどんなタイプの女の子が好みなの？」

黒葉の唐突な質問に飲みかけのコーヒーを噴き出しそうになった。

「急になんだ？　映画の感想と全く関係ないぞ」

「いいじゃない。恋愛関連の話題ついでに教えてよ」

相変わらず傍若無人な奴《やつ》だ。

だけどそうだな。ここは努めて冷静に、年上の振る舞いを見せつけてやるか。

「ふっ、そいつは秘密だ。大人の恋愛は黒葉にはまだ早い」

「あ、そーゆーのはいいから。お姉ちゃんもたまにそうやってはぐらかすけど、童貞や処女がひた隠しにしても気持ち悪いだけだからね」

「ぶほっ！」

耐えきれず、今度はコーヒーを噴き出してしまった。

自分が童貞だと指摘されたことではない。こいつによって涼葉さんが処女であると真実を知らされた驚きについてだ。

「あ、今のお姉ちゃんには内緒よ。お姉ちゃんがまだヴァージンだってことをあたしが話したって知られたら、多分折檻《せっかん》されるもん」

「ケホッ、ケホッ。あ、当たり前だ」

むしろそれを知った俺がこの世から消されるかもしれない。

「で、で、それでどうなの？」

黒葉は期待に胸を躍らせた顔で再度問うてきた。女子高生にとってこの手の質問は、どうやらRPGに出てくるNPCみたく、ちゃんと答えないと先に進めないものらしい。

「好みって言われてもなぁ……。容姿のタイプは特にないし、まあ好きになった人がそのままタイプってことになるんじゃないか」

「曖昧な答えねえ。もっとイメージを膨らませなさいよ。う〜ん、そうね。だったらあんたはどんな人と将来結婚したいと思ってる？」

「結婚相手か……」

黒葉に言われてイメージを膨らませてみた。

結婚したい気持ちはあるが、今まで具体的に考えたことはない。

身近な夫婦像として両親を思い浮かべるが、母さんみたいな気の強い女性だと尻に敷《し》かれそうだからパスだな。父さんは幸せそうだけど俺は嫌だ。

「優しい性格で、あとは夫婦が毎日する当たり前の挨拶をずっとできればそれでいいや」

「おはよう、いってらっしゃい、ただいま、いただきます、おやすみ——って具合にな。簡単そうだが、これを自然に継続していけたら円満な生活を送れると思うんだ」

「当たり前の挨拶？」

「それって、今あたしたちも……」

「ん？」

「な、なんでもない！」

何故《なぜ》か黒葉が耳まで真《ま》っ赤《か》にしてそっぽを向いてしまう。

いつの世もJKは恋バナが好きな生き物だよな。俺の時代も恋愛、お洒落、スイーツの三つで構成されているイメージだったし。

マザーグースの詩の中で、「女の子はお砂糖とスパイス、それと素敵な何かでできている」なんて有名なフレーズがあるけど、今の黒葉を見ていたら本当かと思う。

「そういう黒葉はどうなんだ？　同級生に好きな男子とかいないのか？」

こっちも意趣返しとばかりに訊《たず》ねてみた。いかにも青春を謳歌《おうか》していそうだし、複数人いたりして。

「あー、無理無理無理。同級生の男子ってガキだもん。中高とそれぞれ試しに一回付き合ってみたけど、あいつらの頭の中身って性欲とゲームの二つが大半を占めているわ。あれであたしの心を繋《つな》ぎ止《と》めようなんて甘いのよ」

パネェっす、黒葉さん。語っている内容が完全に恋愛上級者だ。

「気持ちはわからんでもないが、男子生徒の全員がそうだってわけじゃないだろ」

「そうね、康介みたいな草食系男子もいるし。けどあいつらはあいつらで、女子と目が合えばすぐに逃げようとするから、恋に発展しそうにないわね」

「おい待て、誰が草食系男子だ。俺だって普段は牙を隠していて、いざとなればワイルドな猛獣に変身するんだぞ」

「へえ～。なら今夜にでもその猛獣ってのを見せてよ。あたし、康介なら食べられてもいいよ」

黒葉が前かがみになって胸を強調する。小さいから谷間にならないけど、それでもチラッと見えそうになる。

「いや、その、俺は未成年の女性には手を出さない主義だから」

黒葉がニマニマと笑っていた。くそっ、年下女子にからかわれた。

「でもさ、さっきの映画に影響されたわけじゃないけど、やっぱり付き合うなら年上がいいかなって最近思うようになったんだ」

「ほう。一応忠告しておくが、教師を恋愛対象にするのはやめておけよ。架空の物語みたいに現実はそう都合良くいかないからな。少なくとも学校を卒業するまで待ってからにしないと、自分は退学になって、教師から無職になる男と付き合うことになるぞ」

「あたしは別に、相手は先生がいいってわけじゃないわよ。なんて言うのかな……、年上の男性ってどこか心に余裕があって頼もしいカンジがするの。ピンチに遭ってもあたしを守ってくれる騎士《ナイト》みたいな」

「ふむ」

ギャルのくせに、意外と姫様を守る白馬の王子様みたいなのを夢見るロマンチストなのか。しかし年上男性と付き合うってことは、それなりに悪い大人から騙《だま》されるリスクも伴ってしまう。そこら辺を理解した上できちんと人を見る目を養ってもらいたいものだ。

「まあ、社会に出れば嫌でも年上の男と出会えるさ。そのためには一刻も早く呪いを解いていろんな経験をしていかないとな」

「うん。あたしも早く普通の女の子に戻って、たくさん恋をしたい」

映画の感想を言い合うつもりが、つい恋愛話で盛り上がってしまった。かなり熱中していたのか、気づけば二人ともコーヒーを飲み終えている。

すると黒葉がモジモジと足を揺らし始めた。

「ああ、トイレか。我慢しないで漏《も》らす前に行った方がいいぞ。不安なようなら一緒に付いていこうか？」

「この変態！」

「ぐあっ！」

思いっ切りビンタされた。ジンジンと頬が痛い。

「いや、俺はただ、猫に見えてしまって大変だろうと身を案じただけなんだが……」

「それでも言い方ってものがあるわよね！　普通は空気を読んで察していればいいの！　ホントに男ってデリカシーがなくて最低なんだから！」

そうして黒葉は席を立ち、颯爽《さっそう》と駆けていった。

不可抗力だが、相当怒らせてしまったな。

「あの様子だと家に帰ってからもネチネチと文句を言われそうだ……。おっ、そうだ」

ギスギスした空気を転換させるあることを閃《ひらめ》き、俺も席を立った。


用件を素早く済まし、数分ほど経過すると黒葉が戻ってきた。

「ごめんなさい、待たせたわね」

ここで「遅かったな。大だったのか？」なんておふざけを言ったら、今度はグーで顔の原形が失くなるまでぶん殴られそうだ。

よし、ここは紳士モードを発動しよう。

「変な連中に絡《から》まれたんじゃないかと心配したよ。大丈夫だったか？」

「別に。人が少なそうなトイレを探して遅れただけよ。おかげでモール内をウロウロする羽目になったわ」

ただでさえキレていたのに余計な手間を取らされて、かなり御冠《おかんむり》状態のようだ。腕を組み、怒りをぶつけるように右足でタンタンと床を鳴らしている。

そんな黒葉に紙袋を差し出す。

「何よ、これ？」

「黒葉がトイレに行っている間に買ってきた。さっき気に障ることを言ったお詫《わ》びじゃないけど、これをやるから機嫌を直してくれ」

「そんな、悪いわよ」

黒葉はそう言いつつも、中身が気になったのか紙袋の中を覗き込む。すると、わぁ～と嬉《うれ》しそうに中を取り出してはにかんだ。

「これって『あな恋』の原作漫画じゃない⁉　しかも全巻揃《そろ》ってる！」

「本屋に行ってみたらまだ七巻までだったからな、全巻買ってみた。俺、こういう大人買いって生まれて初めてしたよ」

「あははっ、康介らしい。でも、本当にもらっちゃっていいの？」

「おう。これでさっきのこと許してくれるなら安い買い物だ。是非受け取ってくれ。あ、でも一回は俺にも読ませてくれよな」

「うん。これを読んだらまた感想会しようね」

そうしてニッコリ笑いながら紙袋を抱きしめる黒葉を見て、これで平気かとホッと大きく息を吐く。

物で釣る行為はずるい大人のやり方なのでしたくはなかったが、こんなに黒葉が喜んでくれるなら買った甲斐《かい》はあったかな。

「それじゃそろそろ次へ行くか」

「そうね」

紙袋は俺が右手で持ち、黒葉は空いている俺の左腕に摑まる。心なしか、いつもよりギュッとされている感覚がした。

●

あれから俺たちは、ゲームセンターでプリクラを撮ったり買い食いをしたりして楽しい時間を過ごした。

その途中で猫を一匹でも助けられる機会があればと願ってはいたが、やはり都心には野良猫の影も形もない。そして、黒葉を女子高生だと認識できる反応をした人も誰一人いなかった。

電車に乗って地元駅に戻ると、空はもう橙《だいだい》色《いろ》に染まり出していた。家へと向かう道にも夕日が降り注《ふそそ》ぎ、俺とその横を並んで歩いている黒葉の影が落ちる。きっとこの影も第三者が見たら猫の形になっているのだろう。

「ん～、いっぱい遊んだわね。久しぶりの気分転換になったわ」

黒葉は満足気な顔を浮かべ、ステップを踏むような軽い足取りをしていた。一方、俺は背中を丸くして足を引きずりながら歩を進めている。

「ふぅ、はぁ。黒葉、よくその華奢《きゃしゃ》な体でそんなに動ける体力があるよな。さすが現役の高校生ってところか」

「だらしないわね。てゆーか、康介だってまだ二十代前半の年齢なんでしょ。普通に運動不足なんじゃないの？」

「ああ、それは実感している。社会人になってから仕事はデスクワーク中心で、ほぼ丸一日椅子《いす》に座っているからな。遅刻しそうになる時以外、最近まともに走った記憶がない」

これでも昔はサッカー部に所属しており運動は好きだった。しかし近頃は階段を使わずエスカレーターに乗ったりと、楽をすることばっかり考えている。

「軟弱ねえ。だったらジムに通うなり、少しは体を動かした方がいいわよ。お姉ちゃんはよくランニングとかしているし、あたしもたまに付き合って走ってるもん」

「マジか。さすが涼葉さんだな」

「あたしも褒めてよ！　でもまあ、お姉ちゃんの場合、目的はダイエットなんだけどね。この前もケーキやアイスを食べ過ぎて二キロも太ったとか言っていたし。……あ、これも内緒だったんだ」

「おいおい」

なんかもう、涼葉さんの秘密がどんどん暴露されていくな。一度、黒葉は涼葉さんにこっ酷《ぴど》く叱られればいいと思う。

そのためにも二人が姉妹でいられる環境に戻してやらないと。

そう思ったその時だ。

「あっ！」

俺はすぐそこにある公園のベンチに座っている人物を発見する。

「康介、どうしたの？」

「えーと、そういやビールが切れたのを思い出したんだ。ちょっとそこのスーパーで買ってくるから、黒葉は先に帰ってくれないか？」

「買い物ならあたしも付き合うわよ。今晩の夕食にでも出す総菜とかも買いたいし」

「いや、今日は疲れているから弁当もついでに買うからいいよ。その代わり、家に帰ったら先に風呂を沸かしてくれるか？」

「え、ちょっと康介。もう……」

そう言って、漫画の入った紙袋を無理やり押し付ける形で渡す。黒葉は首を傾《かし》げていたが、渋々といった様子で先に行ってくれた。

そして黒葉が見えなくなったのを確認してから公園内に入る。

「どうも。神様も神社でなくこんなところで休んだりするんだな？」

バステトはパックのミルクを飲みながら、こちらをチラッと見る。

「にゃふふ。わらわは猫から相談を受けたのでその帰りなのじゃ。お主こそ今日はずっと黒葉とこの街ではない遠い場所へ出かけておったようじゃの」

「……神様ってそんなこともわかるのか？」

訊ねながら、俺はバステトの隣に座った。

「わらわの呪いを受けた者であれば、その気配がこの街から消えればすぐにわかるようになっておる。そして今朝から黒葉の気配が消えていた。わらわはてっきり逃げたのかとも思うたが、黒葉への呪いがある以上、その行為は無意味じゃからな。くくく」

「ああ、バステトの力は既に思い知っているよ」

バステトのこの余裕ある言い方。どうやら遠くへ逃げたとしても呪いが解けることはなさそうだ。むしろ呪いを放置することでもっと酷い目に遭うかもしれない。

「して、康介。わらわに何用じゃ？」

バステトが飲み終えたミルクの紙パックを適当にポイッと後ろへ投げると、吸い込まれるようにして十メートル先のゴミ箱の中へと入った。普通にすげえ。もしもバスケ選手になったら3Pシュートをバンバン決めそうだ。

「それはまあ……、やんごとなきお方であられる猫神様が見えましたので、これは是非にも挨拶せねばなと……」

「そのような建前はいらぬ。それならば黒葉を先に帰らせなくてもよかったであろう。わらわとこうして二人きりになったのは、あの娘に聞かれたくないことがあったのではないのか？」

鋭い。見た目は幼い少女でも、さすがは経験豊富な神様だ。

別に黒葉に聞かれても困ることではなかったが、あいつをぬか喜びさせないように俺だけでまず確認したかったからだ。

「以前教えてもらった恩恵と等価交換について訊ねたい」

「ふむ、なるほどのう。して、何を知りたいのじゃ？」

「あのさ……」

そして語り始める。

言ってしまえば、俺の発想は恩恵と等価交換を上手く利用した裏技だ。

はたして俺の考えがこの二つに適用されるのか。また、それが現状で可能なのか。

しばらく黙って耳を傾《かたむ》けていたバステトだが、聞き終えると小さく頷いた。

「うむ、結論から先に言えば可能じゃな。しかし同時に問題も発生する。康介の案は確かに適用できるが、それを等価交換するためには、それなりの対価を捧《ささ》げてもらう必要がある。例えば……」

次にバステトが語った内容をしっかりと噛《か》みしめる。

「奇遇だな、バステト。それは俺も最初に思い浮かべた代償だ。等価交換にふさわしいか今はまだわからないが、いずれバステトにも承諾を得られる価値になる。そしてそれを捧げるのならば、俺自身のにすべきだって既に覚悟はあるつもりだ」

「ほう、既に腹を括《くく》っておるようじゃの。ならば黒葉の呪いをどうするかはお主次第となる。どちらにせよ、そのまま生活を続けていくのがお主らにとってもよかろう」

バステトがたっと立ち上がる。

俺も腰を上げ、一緒に公園を出たところで最後にバステトがこう言ってきた。

「康介よ。わらわはしばらくの間、霧戸神社かここの公園を中心に活動するつもりじゃ。準備を整《ととの》え、お主が心を決めたのであればいつでも訪ねるがよい」

「ああ、わかった。おかげで目標が見えたよ」

感謝してバステトを見送る。多分、今日はこのまま霧戸神社に帰るのだろう。

バステトと話せて、これまでの疑問が解消され少しは心が軽くなった。しかし結局、大切なものを失わなければならない事実だけは変わらない。

その場で大きく深呼吸して気持ちを落ち着かせる。

「さてと。黒葉が待っているし、とっとと買い物をして俺も帰るか」

人間はどうしたって後悔しながら生きていく。だからせめて自分が納得している方を選べたら幸せかもしれない。

夕日を背に受けて、ふとそう考えた。

幕間◆黒と金

「まさかこんな展開になるなんて、これは確かに先が気になるわ」

あたしは康介《こうすけ》に買ってもらった『あな恋《こい》』の漫画を読み終えてホッと息を吐《つ》く。

「二人の仲をかき乱すこの新キャラ、かなり手強《てごわ》そうな女よね。これで恋の行方《ゆくえ》が不透明になって楽しくなったけど、あたし的には映画の終わり方がいいな。ヒロインはやっぱり幸せになってもらいたいもん」

そう、女の子なら幸せでありたいと願う。

あたしはベッドにゴロンと横たわり、今日のことを振り返る。

これを幸せと言っていいのかわかんないけど、友だちと遊ぶのとはまた違う刺激を受けた気がする。学校の男子とはデートを何回かした経験があったけど、あの時より今日の方が自分も自然に振る舞えたし会話だって笑いが絶えなかった。

「康介はもう寝たのかしら？」

時刻は既に深夜一時を回っていた。隣の部屋からは微《かす》かにいびきが聞こえてくる。

あたしもお姉ちゃんも寝息は静かだから、耳に入るサウンドになんとなく男らしさを感じて微笑《ほほえ》む。

「疲れたって言っていたもんね。あはは、ちょっと調子に乗ってあっちこっちに連れ回しちゃったかも」

そんなあたしはというと、久しぶりの娯楽にテンションがアゲアゲでどうにも寝付けそうにない。暇つぶしにと枕元に置いてあったスマホを開く。

「そういや、お姉ちゃんって結局こっちへ探りに来たのかな。でもＲＥＩＮの通知はないみたいだし、感づかれたのもやっぱり康介の勘違いだったかもしれないわね」

代わりにＲＥＩＮには友人から何通もの連絡が来ていた。「黒葉《くろは》、最近付き合いが悪いぞ〜」っていう文句とか、「ついにあいつとカレカノの関係になりました」っていう報告とかそんなのばっか。後者に関してはリア充爆《は》ぜてしまえと強く願う。

「ナナからも来てる。あ、これってこの前のだ」

学校でも特に仲の良《い》い親友からは写真の添付での連絡だ。猫になる直前に撮った、あたしとナナのツーショット写真が写っている。

この写真、何かに使えそうね。

「てか、あたしってば人気者だ。いや〜、愛されているわ〜」

律儀なあたしは「ごめんね」や「おめでとー」って全員に返信する。早くみんなとも会いたいけど、今は猫の姿にしか見えないのなら無理か。

　でもこのまま雲隠れしていたら、いずれは友だちだって怪訝《けげん》に思うかもしれない。そうしてウチに来たりして、お姉ちゃんにあたしが友人宅にいないことがバレてしまう。

「う～、色々とややこしくなっちゃうな。康介もお姉ちゃんに強く責められたら、あの性格だと簡単にゲロっちゃいそうだもん」

　もしもお姉ちゃんに知られたら、この家を出てまた逃亡生活をしなくちゃいけない。康介は止めるだろうけど、あたしのせいでお姉ちゃんと康介が喧嘩《けんか》になってしまったらそれこそ嫌だ。

「ここをまだ出ていきたくない」

　自分でも意外だったけど、あたしはこの生活スタイルを気に入っていた。

　もちろん、いつまでも猫のまま居候を続けるわけにはいかない。けれど、呪いが解けて全部片付いたとしても、康介との繋《つな》がりは残したいって思っている。

　こんなことにならなければ、絶対に巡り合えなかった関係だから。運命の悪戯《いたずら》で作られた偽の絆《きずな》かもだけど、簡単に消し去りたくない。

「そういえば、あたしと康介ってどんな関係になるんだろ？」

　ポツリと呟《つぶや》いた自分に対する問い。

　お姉ちゃんの知り合い。秘密を共有する相棒。飼い主とペット。女王と下僕。あしながおじさんと悲哀の美少女。

候補は浮かぶが、どれもピンと来なかった。

そしてふと思いつくのは、さっきまで読んでいた『あな恋』のお話だ。最新巻では、ライバル出現に焦《あせ》ったヒロインが教師に対して強引にキスを迫ったシーンがあった。この先どうなるかわからないけど、この苦難を乗り越えれば歳《とし》の差カップルになるかもしれない。

「もしかしてあたしたちもこの二人みたいに……、いやいや、あたしと康介に限ってそれはないってば！」

バシバシと枕を叩《たた》くと、少しだけ埃《ほこり》が舞った。

「まあでも、未来はどうなるか神様だって知らないわよね」

そうして今度は枕を優しく抱きしめる。

と、その時。

『黒葉よ』

「えっ、何⁉　お化け⁉」

どこからか自分を呼ぶ声が聞こえてきて、反射的に持っていた枕を防災頭巾代わりにして身を縮こまらせる。

ホラー映画や都市伝説は好きだけど、本物の幽霊はお呼びじゃないから。

『黒葉、まだ起きておるのじゃろう？　眠れぬのなら、わらわと少し世間話でもせぬか？』

「この頭に直接届くムカつく声……、あいつだ！」

あたしはベッドから起き上がり、寝間着のスウェットの上から制服のカーディガンを着る。そして康介を起こさないよう静かに歩いて玄関の扉を開けた。

「やっぱりあんただったのね」

「こんばんは、なのじゃ」

「……ええ、こんばんは。最近のお子様は随分と夜更《よふ》かしするのね。あたしが言うのもなんだけど、子どもは早く寝ないと大きくなれないわよ」

「にゃはは、安心するのじゃ。こう見えてお主より何倍も年上じゃからな」

「な～んだ、ババアだったのか」

もちろんそこにいたのは猫神《ねこがみ》だ。人型バージョンの巫女《みこ》姿に変身している。可愛《かわい》らしい少女特有の屈託のない笑顔をしているけど、それが逆に人をおちょくっているようで余計にあたしの怒りを増幅させていく。

「それで、あたしと話をしたいって？」

「うむ。黒葉には少し訊《き》きたいこともあるからの。わらわがこの街にいるついでに二人きりで話をしようと思ったわけじゃ」

「へえ～。まああたしもまだ眠れそうにないから別にいいけど、それじゃ家に上がる？」

「いや、それだと康介を起こしてしまうじゃろう。外で話さぬか？」

「構わないわ」

あたしは了承し、階下へ歩き出した猫神の後を追った。

仲睦《なかむつ》まじく隣に並ぶ真似《まね》はしない。敵意のある目のまま、あいつの歩く速度と同じ速さを保つ。

周囲に誰もいない夜の空間なので用心はしている。とはいえ、猫神があたしに何か危害を及ぼすことはしないだろう。そうするつもりならとっくにされていたはずだ。

そしてしばらく無言のまま歩くと公園へと辿《たど》り着《つ》いた。猫神は中へ入り、奥にあるベンチに座る。それからあたしに向かって、まさに招き猫みたく誘ってきた。

「さあ、お主も座ったらどうじゃ？」

「結構よ。あんたの近くには寄りたくもないもん」

「つれないの。康介は隣に座ってくれたというのに」

「康介、あんたと会ったの⁉　いつ⁉」

思わずきつい口調で問《と》い質《ただ》す。自分でも無意識だったけど、この猫神が『あな恋』に出てきたヒロインのライバル女に見えたのだ。

「むう……、黒葉はずっとわらわをバステトと呼んでくれぬのだな。せっかく呼びやすいように名前を付けたのにのう」

「答えなさい、猫神！」

「まあよい。わらわは寛大だから不遜な態度を許そう。ちなみに康介と話したのはつい数時間前のことじゃ」

「数時間前？」

あっ、あの時だ。康介め、あたしを帰らせてこいつと会っていたのね。

「で、康介と何を話したの？」

「にゃふ、秘密じゃ。そんなことよりも、わらわはお主に訊きたいことがある」

相変わらずムカつく猫。いいわ。あとで康介に直接訊けばいいんだもん。

「わかったわよ。それで、猫神のあんたが黒猫になったあたしの何を知りたいの？　言っておくけど、いくら女同士でもスリーサイズは内緒だからね」

「内緒にするほど立派な胸ではあるまい。小学生でもお主より大きかったりするぞ」

「自分はつるぺたのくせにうっさい！　余計なことは言わずにさっさと質問しなさいよ！」

「にゃはは。なら細かいことは言わず単刀直入に問うのじゃ。黒葉よ、カワシマミズハという女はお主の親族か？」

「んなっ！」

猫神の口からまさかの名が飛び出し、ドクッとあたしの心臓が跳ね上がった。

「そ、それ、ママの名前……。どうしてあんたがママを知っているのよ⁉」

「ママじゃと？　ふむ、同じ姓でどこか面影《おもかげ》もあると思うていたが、まさかお主の母親とは驚きじゃ。これも天の定めなのかの」

しみじみと語る猫神に、あたしは歯をギリッと軋《きし》ませる。

「どういうことよ。あんた、あたしのママ……、河嶋瑞葉《かわしまみずは》と会ったことがあるの？」

「うむ。もう三十年以上前の話じゃ。わらわは当時学生だった瑞葉に、今の黒葉と同じ呪いをかけたことがある」

「マ、ママにも呪いを⁉」

そんな話は聞いたこともない。

驚愕《きょうがく》の事実のオンパレードに、あたしは棒立ちになってその場から動けない。

「まあ、お主が知らぬのも無理はない。おそらく今の瑞葉には呪いに関する記憶は残っておらぬからの」

「嘘《うそ》……、なわけがないわよね。でもその話が本当なら、ママは呪いを解いたってことになるじゃない。だってママは猫とか動物は好きじゃないもん」

「うむ。瑞葉自身は恩恵を持っておらなかったが、恩恵を持っていた友がおった。そして二人はとある方法を用《もち》いて解呪した」

さっきから信じられない話ばかりを聞かされる。

しかしあたしはこの話に食いつく。

「とある方法って何よ？　ママが呪いにかかった記憶がないのと解呪に何か関係があるの？　恩恵を持っていた友人って誰？」

「全部秘密じゃ。教えてしまえば真似するかもしれぬからの。もっとも、知ったところで同じ方法を実行する勇気は黒葉にはあるまい」

猫神はくっくと笑い挑発する。

あたしがどうしても訊きたい肝心の部分は秘密にする。ホント、ムカつく猫。

「さて、次はわらわの番じゃ。黒葉にもう一つ問わねばならぬことがある」

「ふーん……、自分は質問に答えないくせに、そっちは質問してあたしに答えろってわけ？　猫の世界だとそんなパワハラまがいな真似が許されるんだ。とてもじゃないけど、あたしはそーゆーの好きになれないわ」

「にゃはは、答えたくないのなら答えずともよい。最初に言うたであろう。これはただの世間話じゃと。わらわと黒葉はどうせ相容《あいい》れぬ関係じゃ」

こいつ、本当に人をイライラさせる天才だ。神じゃなかったら一発殴っていたわ。

「はぁ〜、もういいわよ。確かにあたしもあんたと仲良しこよしするつもりはないから。特別に質問には答えてやるからさっさと言いなさいよ」

「にゅふ。では問うが、康介はお主との生活を楽しんでいると思うか？」

「は？」

なんか意味不明なことを訊かれる。

「それって、あたしがじゃなくて、康介が楽しんでいるかどうかってこと？」

「そうじゃ。康介はお主に対してどのような想《おも》いがあり、そしてどういう感情で生活を送っておるのか、黒葉の主観で感じたことでも構わぬから教えてもらえるか？」

「そんなこと言われても、あたしは康介じゃないし……」

康介があたしにどう感じているかなんて考えたこともなかった。

普通に考えればただの邪魔者でしかないと思う。

少なくともあたしが康介の立場だったら、相手が知り合いの妹で困っているからって居候なんかさせなかった。しかもそれが呪われた娘だとすれば余計にね。

あれ、もしかしてあたしっていらない子なんじゃゃ？

「う……、なんか悲しくなってきたかも」

「どうしたのじゃ？　康介はお主といて悲しんでおるのか？」

「ううん、そんなはずないわ。あんたはちょっと黙って」

「だ、黙れ？　わらわ、一応は神なんじゃが」

あたしと一緒にいて不幸だなんて、康介の分際でそんなこと許されないわ。そうよ、あたしはそこらにいるモブ女子高生じゃなくて可憐《かれん》な美少女ＪＫだもん。

あたしは康介本人じゃないから、あたしと過ごしてどう感じているかなんて知りようもない。けど、あたしが康介と暮らすのを楽しいって思っているんだから、康介も美少女なあたしといられて嬉《うれ》しいに決まっている。

自信を持ちなさい、あたし。

それに、これ以上この猫神にドヤ顔されるのが一番許せないわ。

「ふむん。その顔はようやく結論が出たみたいじゃな」

「ええ。ずばり康介は幸せの絶頂のはずよ。だって、このあたしと同棲《どうせい》しているからね」

あたしが胸を張ってそう答えると、猫神は少しだけ目を細めた。

「なんと！　うみゅ〜、どうも信じられぬ。康介の様子からして、そんな風には見えなかったがのう」

「それはあんたが猫だからよ。あたしは人から見れば絶世の美女なの。康介みたいな独身の男からすれば、あたしを一目見ただけで好意の対象になるわ」

あたしが自信満々に話すので、猫神の疑っていた目が緩和《かんわ》されていく。

「で、あるのか。なれば、お主は康介ともう交尾したのか？」

「こ、交尾⁉　えと、それって要は男と女がアレするやつでしょ？」

わわっ、急に何を言い出すのよ。このエロ猫め。

「うむ。人も猫と同じく、好き合う男と女は交尾をする習性があるはずじゃ。康介が黒葉を好いておるのであれば、当然求められたのであろう？」

「え、ええ、もちろんよ。康介がどうしてもって泣いて土下座《どげざ》してあたしに頼むもんだから、仕方なくしてあげたわ」

やばっ、見栄《みえ》で嘘を吐いちゃった。だってこいつが、それくらいしているよなって顔をしていたから。

すると猫神は、いよいよ何かを納得したように大きく頷《うなず》く。

「ふむ。どうやらお主に好意があるのは本当のようじゃの。康介の生真面目な性格からして、不誠実に好きでもない女と交尾をせぬじゃろうからな」

「だ、だよね〜。あいつってばそういう男だから」

本当にそうだ。康介はマジであたしに手を出さなかった。あれから毎日、いつかは迫られるんじゃないかって最近は違う意味でドキドキしていたけど、一向にその気配はない。

今だったら、康介がもしも懇願《こんがん》してきたら一回くらいはしてもいいかなって思っているんだけどな。でもそうしないってことは、猫神の言う通り、康介は好きな相手としかそういう行為をしないつもりなのかもしれない。

貞操観念がお姉ちゃんと同じだよ。

「ならば、お主たちの解放の日も近いじゃろう。あとは、あ奴《やつ》次第じゃ」

猫神はそう言うと、人型から猫の姿へと変化《へんげ》する。

「え、どういうことよ？」

『……秘密じゃ』
結局、猫神は何も言わずに公園を走り去っていく。
残されたあたしは、胸の中にモヤモヤが広がっただけだ。
ママのこと、お姉ちゃんのこと、そして康介のこと。
いつかはみんなで集まって笑い合いたい。
そう願って、あたしはそっと胸の辺りに手を添えた。

第6章 ◆ 猫はヤキモチ焼き

一人の時間を大切にする人は賢いと言われている。それは自立心や集中力が高められるだけでなく、自分に対しても優しい気持ちを持てるからだ。であれば、俺はきっと愚かな部類に入るのだろう。

社会人になってから親元を離れ、学生時代の友人と会う機会も減ると、気づけば孤独を感じる時間が増えていった。

ここで賢い人は、趣味をするなり己を高めるための習い事を始めるなり、有意義な時間を過ごしていく。しかし日々の生活に精一杯な俺は、貴重な休日でも何をしていいのかわからず、日がな一日堕落して終えてしまう。

そんな怠惰な生活が変わったのはつい最近のこと。家出少女が我が家に来てからいつの間にか孤独を感じることがなくなった。その代わりに騒がしい日常へと変貌《へんぼう》したが、この喧《やかま》しい時間を次第に好むようになっていく。

だが、今は一人である。

「お待たせしました。ホットサンドイッチとアイスコーヒーのセットになります」

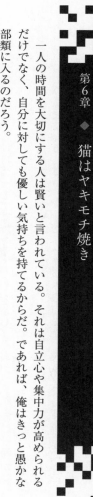

「あ、どもです」

日曜のお昼の時間、一人で駅前の喫茶店に来ていた。

何故《なぜ》一人なのかを説明すると、朝早くに黒葉《くろは》から「やることがあって集中したいから、康介《こうすけ》は外に出てって」と素っ気なく言われたからである。悩ましい表情をしていたのと何か関係があるかもしれないが、どうにも訊《き》ける雰囲気ではなかった。

あいつは女子高生だしな。もうサラリーマンに染まり切った男と一緒にいてもつまらないのだろう。

とまあそんなわけで、急遽《きゅうきょ》一人になったので特にすることもない。気の向くままブラブラと外に出て、小腹が空いたのでこうしてのんびりとしていた。

「暇だ……」

黒葉が我が家に来る前は何をして時間を潰していたっけ？

つい二週間くらい前なのにもう忘れてしまっている。それだけ黒葉という女の子が日常で重要なファクターを占めているのかもしれない。

しかしこの孤独にも慣れないといけない。近いうち、また一人きりで過ごす生活へと戻るのだから。

サンドイッチを一口頬張り、窓の外の風景をボーッと眺《なが》める。

すると、ポケットに入れたスマホからＲＥＩＮが届く通知音がした。

「お、黒葉からかな？　えっと……、ほげえっ！」

　思わず突拍子もない声を上げてしまう。店員さんが何事かとこちらを見たので、俺は咳《せき》払《ばら》いをしながらペコっと頭を下げて謝る。

　送信者はなんと涼葉《すずは》さんだった。その内容は、話したいことがあるので少し時間をもらえないかというお願いだ。

「どうしよう、見なかったことにするか。でも、もう既読を付けちゃったしな」

　家には黒葉がいるだろうから呼ぶわけにはいかない。そこで、今は駅前の喫茶店で食事をしていると送ってみる。すると涼葉さんは既にこちらの駅に赴《おもむ》いていたらしく、今から向かうと連絡が来た。

「やばい。これはもう逃げられないぞ」

　暇な時間が一転して怒濤《どとう》な展開となり、どうにも複雑な感情になる。

　そして五分後、喫茶店の扉に付けられたドアベルが鳴ると涼葉さんが現れた。キョロキョロと辺りを見回したので、立ち上がってこちらの居場所を知らせると、満面の笑みでやってきて向かいの椅子《いす》に座る。

「お待たせしてごめんなさい。康介くん、せっかくのお休みの日なのに、変なことに付き合ってもらってありがとう」

「いや、俺も暇を持て余していたから問題ないよ。えっと、とりあえずは何か飲みながらでも話をしようか」

「そうね。外は暑かったから喉が渇いちゃった。どれにしようかしら」

休日に涼葉さんと会うのはこれで二度目だ。

前に遭遇した際はシンプルなコーデであったが、今回は白のトップスに黄色のフレアスカートと、まさに女性らしい華やかな格好をしていた。それに会社の時よりも髪や化粧が綺麗《きれい》に整えられていて、いつもと違う雰囲気にドギマギさせられる。

なんか緊張してきた。

「あ、すみません。わたしはアイスミルクティーをお願いします」

手を挙げて店員に注文する涼葉さん。そしてしばらく挨拶がてらの雑談をし、注文の飲み物が来てから、彼女は深い吐息を漏《も》らした。

ようやく話の本題が始まりそうだな。

「あのね、今日の朝のことなんだけど、妹からこんな写メが届いたの」

涼葉さんが自分のスマホ画面を俺に見せてきた。

にしても涼葉さんも写メ使いとは、やっぱりガラケー時代を通ってきた世代はこうでなくちゃ。とても親近感がわく。涼葉さんにも写メは死語だと、いつか黒葉から教わってショックを受ける日が来るのだろう。

「どれどれ」

画面では制服姿の黒葉と、その左隣に黒葉と同じ制服に身を包んだ金髪のギャルが仲良さそうに並んでいた。

「へえ、まさに青春の一ページだ。それで黒……」

そこで言葉を切る。

もしかして涼葉さんはこれで引っかけようとしていたのかもしれない。もし俺が右の女の子を黒葉だと断言すれば、それは黒葉の顔を知っていると同義だから。

「それで、この美人さんが涼葉さんの妹なのか？」

あえて間違えて、金髪のＪＫを指さしてみた。

「ううん、黒葉はこっちだよ。えっ、康介くんって黒葉のこと知っているわよね？」

涼葉さんが驚きの声を上げる。やはり俺と黒葉が一緒にいると疑っているみたいだな。

「ああ、涼葉さんの妹さんはこちらの可愛《かわい》い方か。へえ〜、確かに目元辺りは姉妹そっくりだね」

オロオロする涼葉さんには心苦しいが、ここからもっと嘘《うそ》と捏造《ねつぞう》を入れさせてもらおう。

「だって康介くん、黒葉の名前を知っていたじゃない。わたし、妹の名前を康介くんに教えたことはないよ」

やはり名前のことを聞かれたか。だけどその言い訳は既に考えてある。

「それは涼葉さんが酔った時に聞いたからだよ。涼葉さん、飲みの席で妹さんへの愚痴を話し始めて、『黒葉』って何回も呟《つぶや》いていた。あれ、覚えてないの？」

あの時の涼葉さんは性格が変わるほどかなり泥酔していた。あの様子なら、俺の言っていることが真実かどうか思い出せる記憶は残っていないだろう。今回はそれを利用させてもらう。

「お、覚えてない……。えっとそれじゃ、康介くんが黒葉のメモを持っていたのはどうして？　わたし、居酒屋で康介くんが落とした紙を拾ったんだよ」

「メモ？」

あー、なるほどな。紛失した黒葉の買い物メモを涼葉さんがどこかで拾っていたのか。そこから、俺と黒葉との関係性を臭わせてしまったんだな。

だとすればそれ自体を誤魔化せばいい。

「そういや、いつだったか通勤中に二人組の女子高生が歩いていて、その片方がメモを落としたんだっけ。拾って返そうと思ったんだけどその女子高生を見失っちゃってさ、メモはついポケットに入れたままだったな。もしかしてあのどちらかが妹さんだったかも」

「そう、だったんだ……」

純粋な彼女だからこそ、これで納得してくれればいいのだが。

そんな涼葉さんは気が緩んだのか、力なく席の背もたれにもたれかかる。そして急に笑い出した。

「うふふ。そっか、そうよね。康介くんと黒葉が一緒にいるはずないわよね」

「す、涼葉さん？」

突然の涼葉さんの変化に戸惑《とまど》ってしまう。

「ふふっ、ごめんなさい。わたしね、そのメモの一件で黒葉が康介くんの家にいると思い込んじゃってたの。でもよくよく考えれば、黒葉だって康介くんのことを名前くらいしか知らないのに急に訪ねるなんてあり得ないわ。わたしってばおっちょこちょいだ」

「ははは、涼葉さんって意外と面白い発想をするんだな。女子高生にもなったら、知らない男の家に行くなんてあるわけないって」

「う〜、恥ずかしい〜」

いやまあ、実際にこうしてあったわけだけどな。

冷や汗を流しながら俺はどうにか取り繕う。あとで嘘がバレたら、黒葉の言っていた怒りモードの涼葉さんが降臨するかもしれない。お仕置き対象は俺と黒葉の二人で、厳しい折檻《せっかん》を受けることになるだろう。

「ところで、結局その妹さんの写真がどうしたの？」

「そうそう、一緒に写っているのはナナちゃんっていう黒葉のお友だちなんだ。今朝《けさ》、黒葉から送られてきたんだけど、ここ数日はナナちゃんの家でお世話になっているんだって。わたしは黒葉が康介くんの家にいると思っていたから、あれれって混乱しちゃって」

「ああ、だから確認のため、俺に話を聞きたかったのか」

「そうなの。黒葉ってば全然帰ってくる気配がないし、どこにいるのか訊いてもはぐらかした返事しかなかったから。それでわたしは悲観的になって、もしかして男の人と駆け落ちをしたのかもって思い込んでずっと不安だった」

「なるほど。それで涼葉さんは会社でよく落ち込んでいたと？」

「うん。それから康介くんのところにいるんだと思った時は安心して、でも失礼な話だけど嫌な気持ちになったんだ。二人は一緒に暮らして……、でも康介くんに限ってそんなことはないんだって必死で自分に言い聞かした。けどナナちゃんと一緒ならもう何も心配しなくていいよね」

　こんなに穏やかな涼葉さんの顔は久しぶりに見た気がする。

　俺のことを信頼していたっぽいニュアンスは伝わってくるが、内心では妹が大人の男と二人きりでいる状況は不安でしかなかっただろう。それが女友だちといるとわかってようやく肩の荷を下ろしたみたいだな。

　写真はおそらく呪いをかけられる前に撮ったものだろう。こうなればと願って写真を送るよう指示を出したわけだが、黒葉もよく考えた上で涼葉さんに送るのはこの写真が良《い》いと選んだのだ。グッジョブだな。

「でもあの子、本当は悩みでもあるんじゃないかって違う心配が生まれたわ。あの写メの後に、お母さんに会いたいけど、今はどこにいるのかってREINも送られてきたから」

「え？　涼葉さんたちって親子なのに簡単に会えないのか？」

「恥ずかしながらね。わたしたちの家庭は少し複雑で、母はキャリアウーマンで今は遠い場所で働いているんだ。しかも母はちょっと変わっていて、筆不精な性格もあるのでしょうけど、娘のわたしたちでもあまり連絡が取れないのよ」

そういえば、黒葉からも河嶋《かわしま》家の内情を軽く聞かされていたな。確かお母さんはシングルで姉妹を育てた立派な人だと。でも性格は俺の母と似て豪快そうだ。

それにしても黒葉、急に自分の母に会いたいとはどういうことだろう？

むう、考えてもわからないな。

「そういう事情なら、きっとホームシックになったんじゃないか。ほら、妹さんは涼葉さんと喧嘩《けんか》して気まずいわけだし、一人になって寂しくなったからお母さんに頼ろうとしたとか？」

俺の家にいる黒葉は全くそんな素振りを見せていないが、心の中までは読めない。家族を恋しがって夜中にべそをかいてもおかしくない。

「う〜ん、あの子は強いからそんな気持ちになるとは思えないのだけど。でも黒葉も家出して何か心の変化があったみたいだし、康介くんの言う通りかもしれないわね」

「まあ、そんな深く悩まなくても平気だと思うよ。涼葉さんの妹ならきっと優しい子なんだろうな。だったら信じていれば涼葉さんの元へ戻ってくるさ」

「うふふ、康介くんにそう言われるとすごく心強い。その、色々とつまらない話を聞いてくれて本当にありがとう」

結局、他人の心なんて誰にもわかりっこないのだ。それでも人は誰かと繋《つな》がりを求めてその心を知ろうと頑張れる。

俺には、涼葉さんと黒葉みたく互いを想《おも》いやれる人がいない。でもそんな俺だからこそ、誰かのためにできることもあるはずだ。今はこの姉妹を元の形に戻すための手伝いくらいしかできないけれど。

あ〜あ、大切な繋がりが欲しい。二人を間近で見て本気でそう思った。

●

喫茶店を出る時、会計でちょっとだけトラブルが発生してしまう。

当然のように涼葉さんの分を支払おうとしたのだが、それを涼葉さんに止められてしまったのだ。

「今日はこちらの都合に付き合ってくれたのだから、ここはわたしに払わせて」

「いやいや、俺が頼んだのはセット注文だし、そんなわけにはいかないって」

記憶を揺り起こすと、母からの教訓が蘇《よみがえ》る。

それは、女性にはなるべく金銭的負担をかけさせるなというもの。そして女性に奢《おご》らせている男はクソな人間だとも教わった。

男尊女卑社会をなくさねばいけないご時世だけど、これはこれで女尊男卑となって問題になる気がする。だとしても俺とて涼葉さんにお金を出させるつもりはないけどな。

しかし涼葉さんは意志が強く、手に持った伝票を放そうとしない。

「わたし、お母さんに言われているの。恩には恩を返しなさいって。あと、女だからって男性に奢られるような意地汚い真似《まね》はやめなさいともね」

母からの教えか。なんとなく思ったが、涼葉さんの母と俺の母は馬が合う気がする。

とまあ、このまま言い争いしていてもレジのお姉さんに迷惑なので、この場は自分の注文した分をそれぞれが支払うことで和解した。


店を出ると、ムワッとした夏特有の暑さが肌に伝わってくる。冬だと平気なのに夏における寒暖差はどうしても慣れない。

スマホを出して画面を確認するが、黒葉からは連絡はない。まだ一人でいたいのならもう少し外でぶらつくつもりだが、そういや涼葉さんはもう帰ってしまうのだろうか？

こんな休日で二人きりになるチャンスなんて滅多にない。俺としてはもう少し一緒にいたい欲求があるけど、ここで引き止めたら迷惑になってしまうか。

「ねえ康介くん。この後、時間あるかな？　もしよかったらだけど、これからショッピングに付き合ってもらえない？」

「っ！」

なんと涼葉さんから誘われてしまった。

えー、マジで⁉　と心の底から叫びたくなる案件だ。いやまあ、涼葉さんは社交辞令のつもりで誘っているんだとわかってはいる。しかし俺にとって女神のような存在である涼葉さんからのお誘いを受けて、幸福ホルモンの活性化が止まらない。

「もち――」

ろん！　と麻雀《マージャン》で役満を上がった時のテンションで言おうとしたら、スマホから着信音が鳴った。

見てみると、送信者は黒葉だ。この大事な時にタイミングが悪い。

「涼葉さん、ちょっとごめん。えっと何々……」

スマホを見ると、文面は「あたし、黒葉。今家を出て外にいるわ」と書かれてあった。

……あいつ、一人で外出したのか。大丈夫かな。

続けてREINが届く。文面は「あたし、黒葉。今駅前にいるわ」である。

……は？　いや、滅茶苦茶《めちゃくちゃ》移動が速いぞ。猫になると足も速くなるのか？

そしてさらにREINが届く。今度は連続で「あたし、黒葉。今喫茶店の角にいるわ」

「あたし、黒葉。今あなたの後ろにいるわ」と届く。

これ、「メリーさんの電話」じゃねえか。黒葉め、一体どんなつもりだよ。

「ははっ、なんか悪戯《いたずら》みたいだった。ところでさっきの――」

スマホから涼葉さんに視線を移すと、彼女の様子がおかしかった。

顔は青ざめ、こんなに暑いのにカタカタと体を震わせている。そしてその目線は俺の背後を向いていた。

「こ、康介くん。あのね……、やっぱり今日は帰らせてもらうね。ごめんなさい」

「え？　あの、涼葉さん！」

止める間もなく、涼葉さんは踵《きびす》を返してピューッと去ってしまった。

「なんなんだ、一体？」

そうして何事かと背後を振り向くと、そこには腕を組んで仁王立ちしている褐色ギャルの姿があった。

「うわああ、出たあああああああああっ！」

「人を見て、怪物に遭遇したみたいな悲鳴を上げないでくれる？　失礼よ」

黒葉は不機嫌そうな声で糾弾する。怒っているのか、頬を膨《ふく》らましていた。

「お前、どうしてここへ？」

「今朝お姉ちゃんとREINでやり取りをしていて、どうもお姉ちゃんがこっちに来そうな雰囲気がしたのよ。それで念のため荷物を部屋の奥に隠したりして、わたしが家にいた痕跡を消していたってわけ。ついでにあんたにも直接忠告しようと思ってね」

「さすが姉妹だな。黒葉の予感はバッチリだ」

「そしたら康介とお姉ちゃんが一緒にいるんだもん。驚いたわよ。しかも、なんか仲良さげに話していて、お会計の時なんかはコントみたいで笑わせてもらったわ」

とか言っているけど、黒葉の表情はムッとしたままだ。

「そんな前から観察していたのか？」

「ええ、康介のデレデレ顔もしっかり見ていたわよ」

客観的だと俺ってそんな顔をしてたのか。なんか恥ずかしい。

しかし妹の目から俺と涼葉さんが良い雰囲気に見えるってことは、もしかしてお似合いの二人だったりして。……なんて、それは飛躍し過ぎだよな。

「で、康介とお姉ちゃんってどういう関係なの？」

恫喝《どうかつ》するような黒葉の声色《こわいろ》。その声で金を出せと言われたら、ビビリな俺は素直に財布ごと差し出しちゃうぞ。

「どうって……、会社の同期で同じ部署で働く同僚だけど」

ついでに同じ歳《とし》だし地元も同じ。こうして同の文字が並ぶと、涼葉さんとは共通点が多いな。つまり俺にも涼葉さん要素が含まれているってことだ。

違うのは性別と顔、そしてあの聖人みたいな性格くらいか。あー、うん。やっぱこの要素だけで全くの別人だわ。

「そういうことを訊いているんじゃなくてさ、康介ってお姉ちゃんのことが好きなの？」

「ああ、好きだぞ」

「えっ、マジで⁉」

何を驚いているんだこいつ。

「そりゃそうだろ。あんな優しい人を嫌う奴《やつ》なんかいねえよ。ウチの会社でも、涼葉さんは男女問わず人気があるんだからな」

そう答えると、黒葉はポカーンとした顔で首を捻《ひね》った。

「あっ、そういうことか。な～んだ、あんたの好きってライクの意味だったのね。じゃあ、ラブの意味ではどうなのよ？」

なおも黒葉の追及が続く。女子高生って本当に恋愛話とか好きだよな。

「いや、愛してはいないな」

俺は即決で答える。

涼葉さんは誰もが羨《うらや》む高嶺《たかね》の花だ。そんな彼女と釣り合うなんて無理に決まっている。

地位も金も容姿も能力もない俺では、そもそも愛する資格すらない。

「ふ、ふ～ん、そうなんだ」

どこかホッと安堵《あんど》したような黒葉の態度。何か変だな。

「黒葉。俺が涼葉さんにそういう感情を抱いたら困るのか？」

「べ、別にそんなんじゃないわよ」

ははーん。そうか、わかったぞ。

こいつ、俺に涼葉さんを取られるんじゃないかと心配しやがったんだな。黒葉がシスコンなのは薄々気づいていたが、まさか俺が涼葉さんと一緒にいるだけで邪魔をする暴挙に出るとは思いもしなかったぜ。

そもそも涼葉さんに恋人がいないことが不思議だったのだ。女子校にしか通っていないからと納得していたが、あのように気立ての良い素敵な女性を世の男たちが放っておくはずがない。予想では、きっと黒葉が裏で様々な妨害をしていたのだろう。

なんて独占欲の強い妹だ。だが、俺が黒葉の立場でもそうしていたかもな。

「しかし、涼葉さんの目の前に現れることはなかったんじゃないか？　おかげで涼葉さん、怖がって逃げてったぞ」

「それはあたしもやり過ぎたと反省しているわよ。でもあのままお姉ちゃんと二人きりにしていたら、康介はまたボロを出すかもしれないじゃない」

「うっ……」

否定できないのが悲しいところだ。確かにあのまま二人で出かけていたら、有頂天な気分になって余計なことまで喋《しゃべ》っていた可能性は高い。

「と、ところで、もう用件を済ましたのか？　まさか涼葉さんに見つからないように痕跡を隠していただけじゃないんだろ？」

このままだとお叱りを受けそうな流れだったので、俺から問いかけてみた。

「あ～、うん。済んだと言えば済んだわね。実際は何も済んでないけど」

「もう少し日本語らしい文法で説明してくれ」

「詳しくは歩きながら話すわ。ほら、行くわよ」

そして黒葉は俺の腕に抱きついてくる。

「お、おい、行くってどこにだよ？」

「そうね。せっかくだし適当にその辺をぶらつきましょう。どうせお姉ちゃんとそのつもりだったんでしょ」

グイグイと引っ張る力がいつもより強い気がした。

特に目的もなくこの駅前周辺を練り歩く。道中、涼葉さんがいないかと確認するけどその姿は見えない。やはりあのまま帰ってしまったのだろうか。

しばらく散策すると、若い子向けのアクセサリーショップを発見した黒葉が、強引に俺を店内に導いていく。

色鮮やかな壁模様と陳列された商品によって世界に色が広がった。こういう店に足を踏み入れるのはあまりなく、しかも男性客は俺だけなので落ち着かない。

黒葉はというと、慣れ親しんだ庭を歩くようにあちこちの棚から商品を手に取っていた。この辺はさすが現役の女子高生だ。

「これなんか可愛いかも。ねえ康介、どうかな？」

「ん、どれだ？」

左手を見せてくる黒葉だが、元々いくつかのブレスレットを腕に着けており何を示しているのかわからない。

「これだってば！」

「そっちか」

見せたかったのはどうやら小指に着けた、四つ葉のクローバーをモチーフにした指輪のようだ。

「康介、ピンキーリングって知ってる？　左の小指にはね、願いを叶《かな》えたりチャンスを引き寄せる効果があるんだって。だからこれを着けるとお守りにもなるの」

「ふうん、猫の呪いを解きたい今の黒葉にはピッタリな代物《しろもの》だな」

「でしょ！　しかも可愛いからいいのよ。ねえねえ、どう、あたしに似合う？」

「ああ、似合うんじゃないか。ギャル成分がより増した気がする」

「ちょっと、それ褒《ほ》めてないわよね⁉」

そして黒葉は「他にも恋が実《みの》るとかの効果も……」なんて呟いているが、それよりも俺は違うことに注視していた。

「なあ、黒葉。今さらだが、その腕に巻いているピンクの魚柄のやつはシュシュか？　涼葉さんが髪に着けているのとデザインがよく似ているな」

「えっ、ああこれ？　うん、そうよ。お姉ちゃんのは前にあたしがお揃《そろ》いにってプレゼントしてあげたんだ。そしたらお姉ちゃん、すっごく気に入ってくれてね」

さっき涼葉さんのご尊顔を拝したばかりだからそうかと思ったが、よく見ると色違いになっている。

「だから涼葉さん、普段から着けているのか。それにしても、姉妹でお揃いとか本当に仲が良いんだな」

「まあね。でもホント今さらよ。あたしだって、あんたと出会った時からずっと着けているんですけど」

「黒葉のは腕にはめていたから気づかなかった。シュシュって普通は髪をまとめるのに使うんじゃないのか？」

「あたしも髪がわずらわしくなったらそうするわよ。でもポニテにするのはあまり好きじゃないし、シュシュも流行《はや》ってないもん。もしあたしが髪をまとめるとしたら、バンダナをカチューシャにしたりするかな」

「へえ、物は使いようか」

「そーゆーこと。男って服やアクセをアレンジしないけど、女子はどうすれば可愛くなれるかをひたすら考えているの。美の追求は女にとって永遠のテーマなんだから」

ファッションに疎《うと》い俺は、女子高生の持つ美意識にやや圧倒される。

「でも涼葉さんはあまり着飾らないよな。シュシュはそのまま髪をまとめるのに使っているし、ウチの会社ってオフィスカジュアルであれば女性社員の服装は基本自由なんだが、いつもＯＬっぽいスーツを着ている」

「まあ、お姉ちゃんのセンスってちょっとあれだから……。てか康介、あたしと一緒なのにどうして他の女の話をするのよ⁉　減点よ、マイナス三十点！」

「ええ〜、いや他の女って、お前のお姉さんの話なんだけど……」

「それでも減点ったら減点なの！」

厳し過ぎるだろ採点。叱責《しっせき》される理由がさっぱりわからない。

ていうか、俺の点数はトータルで何点になっているんだろう。マイナスは確定だな。

「次からは気を付けなさいよね。けど今日のお姉ちゃん、なんかいつもより頑張っていた気がする。まあ、あたしからしたらまだ地味な格好だけど」

「いや、充分だろ。黒葉と違って涼葉さんは元が美人だからあまり着飾る必要が……あ、嘘ですごめんなさい」

黒葉にギロッと睨《にら》まれたのですぐに謝った。

どうもこのシスコン妹の前では涼葉さんを褒めちゃいけないらしい。

「ところで康介、お姉ちゃんと会っていたってことは、少しはあたしの話もしたの？」

「ああ、黒葉が母親と会いたいって話を涼葉さんから聞いた。でも連絡が取れないから無理だとか？」

「ええ、残念ながらね。ママと連絡が取れれば、もしかしたら猫神《ねこがみ》の呪いをどうにかできたかもしれないのに」

「どういうことだ？　俺はてっきり黒葉がホームシックにかかっただけだと思っていたけど」

「あたしがそんな幼稚園児みたいな真似をするわけないじゃない。あのね……」

黒葉が昨夜のことを話し始めた。

俺が寝ている間にバステトと接触していたこと。そして黒葉のお母さんのことに関しては驚愕《きょうがく》の事実であった。

「なるほど。まさか黒葉の母親も呪いにかけられていたとはな。しかも状況が今の黒葉と酷似している」

「そうなのよ。猫神がママは覚えていないはずって言っていたけど、一応訊こうと思って。だから危険を承知で、お姉ちゃんにママの連絡先を聞き出そうとしたの。で、あれこれ文章送っているうちにああなっちゃったってわけ」

先ほど、涼葉さんのスマホ画面を見せてもらったから経緯はわかっている。黒葉にしては焦《あせ》っていた様子で文面に脈絡がなかった。

「しかし涼葉さんもお袋さんについて連絡先を知らないようだったな。そうなると、もう一人に訊くのはどうだ？」

「もう一人？」

「ほら、黒葉のお袋さんを助けたという協力者だ。もしもお袋さんが呪いについて忘れていたとしても、その人だったら全ての事情を知っているんじゃないか？」

「あ、そうか。呪いはママの友人と二人で解いたって猫神は言っていたわ。ならその人に教えてもらうってわけね。でも、ママの行方《ゆくえ》もわからないのに、そんな人を探し出せるのかしら？」

「ヒントは、猫神の言っていた友という言葉だな。おそらく協力者はお袋さんと特に仲が良かった友人だろう。誰だか心当たりはあるか？」

「ううん、あたしは知らないし、猫神も教えてくれなかった。ママって仕事ばっかりであまり交友関係を話さないから。こうなったらお姉ちゃんにもう一度、あとでさりげなく訊いてみる」

「ああ、そうしてくれ。涼葉さんなら何か知っているかもしれない」

予想が正しければ、その協力者も俺の考えと似た発想で呪いを解いたはずだ。協力者と連絡が取れたら呪いに関する対処法を訊けばいいし、わからなかったとしても俺にとってはある種の証明にもなる。

「それじゃ、そろそろ店を出ましょう」

黒葉は身に着けていたピンキーリングを外し、元の売り場に戻そうとする。

「買わないのか？」

「うん、高いから今日はやめとく。お小遣いを貯《た》めてからにするわ」

値札を見ると一万円ほどであった。以前、黒葉は生活費を渡してきたから、今は手持ちがあまりないのだろう。

そこで俺はその指輪を手に取った。

「康介？」

「欲しいんだろ？　これくらいなら買ってやるよ」

「待ってよ。だったら自分で払うわ」

「いいから、もう余計な問答をするつもりはないぞ。会計でモメるのは涼葉さんで散々やったからな」

「うん……、男の人から指輪をプレゼントされるなんて初めて。えへっ、ありがとね」

妹は素直に奢らせてくれた。

でもいつかはお姉さんにも奢ってあげたいな。

●

外は暑かったので駅前でアイスを買い、食べながら帰宅していた。するとアパートが見えたところで、ガードレールによく見慣れた巫女《みこ》が座っているのを発見する。

俺と黒葉は途端に二人して嫌な顔をしてしまうが、その金髪幼女から喜々として声をかけられた。

「お帰りなのじゃ」

「「………」」

俺たちは無言で見つめ合い、アイコンタクトをして頷《うなず》く。そしてそのままバステトの横を素通りしようとする。

「こら、待つのじゃ！　神を無視するとは不敬罪じゃぞ！」

「うるさいわね。あんたと二日連続で会うのは気が滅入《めい》るのよ」

「むぅ～っ。わらわ、偉い神なのじゃぞ。そんなこと言うと呪ってしまうぞ」

「へっへーんだ。もう呪われています〜」

「むぐぅ〜〜っ！」

バステトが不貞腐《ふてくさ》れそうになる。もしも呪いを辺り一面に振り撒《ま》かれたら厄介なので、ここらで冗談はやめておくとしよう。

「それで何か用なのか、バステト？」

「おお、さすが康介は優しいのう。そこの罪深い貧乳の娘とは大違いじゃ。胸が小さいと心も小さくなっていくのじゃな」

「あんた、マジで泣かすわよ」

「にゃはは。やれるものならやってみるのじゃ」

「上等じゃない！　あ、ちょっと康介、止めないでよ！」

どうにもこいつらは水と油の関係だな。最低限、血みどろにならない冷戦状態さえ保ってもらえたらそれでいいか。

「バステト、用件なら早くしてくれないか？」

ジタバタと暴《あば》れる黒葉を、背後から羽交い絞めにしながら訊《たず》ねた。

「用件は他でもない。康介に伝えたいことがあったのじゃ。昨日の問いに関しての追加の情報を教えておこうと思うてな」

「……昨日の質問？　康介、あんたこの猫神と会って何を話したの？」

黒葉が大人しくなったので、俺はそっと解放してやる。そして視線をバステトに移し、余計なことは言わせないように合図を送る。

バステトは苦笑しながら肩を竦《すく》めていた。

「なんでもないさ。ちょっと疑問に思ったことを訊いただけだ」

「はっ、康介も秘密主義ってわけ？　そうやって人をハブる態度って、当事者は結構イラつくんだけど」

「悪いな」

俺から何も説明を受けられないと判断した黒葉は怒気を露《あら》わにするが、それでも努めて冷静になろうとして大きく息を吐くだけで留《とど》めてくれた。

「さて情報じゃが、お主のその発案はいつでも可能となった」

バステトは簡潔に話すが、俺には全て伝わっていた。

「それはありがたいが、昨日の今日だぞ。たった一日でどうして変わった？」

「調べてみて康介と黒葉の関係性を知ったからじゃ。愛し合う二人ともなればそれで充分だと判断したわけじゃな」

「は、愛し合う二人？　バステト、それはどういう……」

「わぁ〜っ！　わぁ〜っ！」

俺がバステトを問い詰めようとしたら黒葉に邪魔されてしまう。

そして黒葉はキッとバステトを睨んだ。

「ほら、用件は済んだんでしょ！　だったらもう帰ってよ、バカ猫！」

「にゃはは。それでは馬に蹴られる前に退散するとしようかの」

バステトは金色の猫の姿になって、この場を逃げるように走り去った。

「なあ、黒葉」

「今は何も訊かないで。その代わり、あたしも何も訊かないから」

「お、おう」

黒葉がそう言うのならこっちも言わない。

ただな、黒葉。お前に謝っておきたいことがある。それを心の中で伝えたい。

もうすぐ俺たちの共同生活は終わりを迎えそうだ。

幕間◆一枚の写真

「どうしてわたしって同じことを繰り返すんだろう」

康介《こうすけ》くんに対して、また失礼な態度を取ってしまった。

自分が臆病なのはわかっている。けれど、猫を前にすると途端に頭が真っ白になってしまう。そうやって逃げてばかりいるなら、彼に自分が猫アレルギーだと打ち明ければいいのに、わたしはそれをしようとしない。

過去に一度だけ、わたしの体について話したことがある。その人は高校時代の担任で、若い男性教師だった。アレルギー体質を説明するとその先生は急に過保護になり、わたしが母子家庭だったこともあって、まるで父親みたいに振る舞うようになった。

先生の変貌《へんぼう》ぶりに怯《おび》え、何よりも周囲の変化が恐ろしかった。その担任の先生が生徒に人気があったせいもあり、わたしが色目を使ったんじゃないかと陰口を叩《たた》かれてしまう。卒業までの一年足らずの騒ぎだったからそこまで深刻な問題にならなかったけれど、わたしの中で弱さを誰かに告げる恐怖は根付いてしまった。

康介くんがあの時の先生と同じになるなんてわたしは思っていない。それでも今まで通りの関係が崩れるんじゃないかって、話すのにどうしても勇気が出ない。

やっぱりどんなに取り繕っても、わたしは臆病者だ。

そうして家のソファーに座りながら自己嫌悪に陥《おちい》っているとスマホの通知が届く。まさか康介くんからかな、と思って手に取って見ると相手は黒葉《くろは》だった。

「今度は何かしら？　えっと、ママの親友について知っていること教えてちょうだい。できるだけ詳しく――って、ん、これってどういうこと？」

今朝《けさ》もそうだったけど、妹から唐突におかしな質問をされる。母と黒葉の間に何か問題が発生したのかと考えたけど、あの二人は基本的にお互いを干渉していないはず。

わたしは「どうして？」と返信するけど、黒葉からは「どうしても」と返されるだけ。

こうなってしまえば、妹から明確な理由が返らないのは経験上わかっている。ソファーから立ち上がるも思い悩む。

「お母さんの知り合いなんてわたしも知らないわよ。それに、そもそも親友って誰のことを指しているかさっぱりだわ」

お母さんと仲が良さそうな人なら、仕事の関係者、近所のママ友、飲み友といくらでも候補が考えられる。でも本人でなければ誰が親友なのかわかるはずがない。

それでもせっかく黒葉が頼ってくれたのだから、お姉ちゃんならどうにかしてあげたいと思う。

自分に置き換えてよく考えてみましょう。わたしにとっての親友は中学の時の……。

「あっ、もしかしてお母さんの学生時代の知り合いなのかしら。だとするとあの人かも」

わたしは母の寝室に入ってみた。

もう半年以上は使われていない部屋だけど、こまめに掃除はしているつもり。その部屋には壁にコルクボードが付けられていて、そこに母のお気に入り写真が貼られている。

ほとんどがわたしや黒葉と一緒に撮った家族写真ばかりだ。前にお父さんが写ったのも何枚かあったけど、離婚した時に全て剝《は》がして焼却したみたい。

過去を振り返ると良い女《い》になれない。母はそう言っていたけど、わたしは絶対に真似《まね》できないだろうな。昔のことをクヨクヨと考えてしまうもの。

そんな中、一枚だけ母の若い頃の写真があった。制服を着ているから、おそらく今の黒葉くらいの年齢だと思う。そして楽しそうに笑う母の隣には、クールそうな美人さんの女子生徒が写っていた。

「そうそう、この人よ」

母が家族以外とツーショット写真を撮るのは珍しい。なのでこの写真を見たわたしは、前に一度、興味本位で誰なのか訊《たず》ねたことがある。

『本当に誰なのかしらね? あら、冗談を言っているわけじゃないわ。不思議とお母さんも、その人が同級生だということしか覚えてないのよ。いつ撮ったのかもそうだけど、彼女と学生の頃に何をしたのか思い出が一切《いっさい》ないの。でもね、この彼女を見るとどうしてか心がホッとする。だからお母さんはこの写真をずっと捨てられない』

そう語る母はすごく嬉《うれ》しそうな表情をしていた。この写真の中の母と同じだった。

だとすれば母の親友というのはこの人に間違いない。

わたしは直感的にそう確信した。

「あとはこの人を調べればいいけど、もしかしたら……」

コルクボードからその写真を取ってみた。昔の写真だから右下には撮った年月日が入っているけど、裏には母の性格からしてあれがあるはず。

「やっぱり」

写真の裏には『MIZUHA　BESTFRIEND　INORI』と母の字で書かれていた。母は写真に一枚一枚タイトルを付ける癖があるから予想通りだ。

「いのりさんって言うのね。名前と顔、お母さんと同じ学校の同級生だってことがわかったわ。これで黒葉も納得してくれるといいけど」

わたしは母の写真をスマホで撮り、その画像と判明した事項を黒葉へREINで送った。

しばらくして既読が付き、お辞儀をしているキャラクターのスタンプが返ってくる。

「それだけ？　もう黒葉ったら、少しはお姉ちゃんのことも気にして欲しいのに」

わたしはちょっぴり不満を漏《も》らすけど、この返信だけで心が穏やかになる。

多分、これが家族の温《ぬく》もりなのだ。

離れていても、母や妹と通じ合うことはいつだってできる。たとえ自分の気持ちが届かなくても、本音《ほんね》を伝えることはできる。

けど、わたしは寂しがり屋だから、体温の温もりだって感じたい。

だから妹と、そして久しぶりに母にも同じ文章をそれぞれ送る。

早く帰ってきてね、と。

第7章 ◆ その別れの背を見送って

夏の強い日差しが窓から差し込んでいた。

外は真夏の暑い照りが降《ふ》り注《そそ》いでいるだろうけど、会社の中にさえいればエアコンでガンガン冷やしてもらえる。社会人になってから数少ない嬉《うれ》しいことの一つだ。

しかし無感情にパソコンで経理ソフトにカタカタと打ち込みながら、時々自分でも認識しているため息を吐《つ》く。

「どうしたの康介《こうすけ》くん。さっきから浮かない顔をしているけど、何か悩み事？」

通算十回目のため息を吐いたところで、隣に座る涼葉《すずは》さんから声をかけられた。

「いや、なんでもないよ」

「そう？　わたしで力になれることがあったらなんでも言ってね」

聖女だ。まさしく涼葉さんはこの地獄みたいに夢も希望もない職場につかわされた聖なる世界の住人である。

なのに俺ときたら、涼葉さんを悲しませたままにしている。このままもし死んだとしたら、きっと本物の地獄に落ちるのだろうな。

「もしかして具合が悪いの？　康介くん、昨日は有休でお休みをしていたし」

「いやいや、昨日は私用で休ませてもらっただけだから心配しないで。土日を入れて三連休にしたせいで、単純に休みボケになっただけだから」

そう、体は健康そのものだ。あるとすれば精神的な負い目だけである。

黒葉《くろは》の呪いに関して、ようやく解決までの道筋を導き出せた。あとは実行するのみだ。

それをまだしないのは、心のどこかで黒葉との生活に終止符を打つのを躊躇《ためら》っているからだろう。それだけ俺にとってあいつは生活の一部になっていた。

「ならいいのだけど。一昨日の日曜日とか、わたしが無理にお邪魔しちゃって、しかも途中で帰ってしまったから康介くんを怒らせたのかなって……」

「ははは、そんな心配は無用の長物だ。涼葉さんとお茶できて楽しかったし、急に用事が入ったのならよくあることだから気にしてないよ」

「でも……」

涼葉さんは俯《うつむ》いてしまって声のトーンも落ちる。非を感じている彼女に、これ以上表面的な言葉をかけても意味はない。

だったら涼葉さんが満足してくれる言葉を与えてあげるだけだ。

「それなら今度、あの日の続きとしてショッピングに付き合ってもらえないかな？」

「あ……。はい、わたしでよければ是非お願いします」

「ああ、約束だ」

　これで良し。

　こんな取ってつけたような社交辞令でも、大人の世界では付き合いを円滑にするのにとても有効な手段だ。もちろん俺は涼葉さんとショッピングに行けるわけないと思っているし、涼葉さんだってわかった上で返事をしてくれたのだろう。

　言わばこのやり取りは、これで問題は解決したからお互いに仕事を頑張ろう、という意思表示である。

「うふふ。だったら思い切って遠出するのもいいかも。予定は康介くんに合わせるからいつでも誘ってね」

「あ、うん……」

　楽しそうに微笑《ほほえ》む涼葉さんへ曖昧に頷《うなず》く。

　おかしい。本当にお出かけしそうな雰囲気になっているぞ。

　まったくもう、涼葉さんは演技派で困っちゃうな。俺でなければ本当にデートをするんじゃないかと誤解するところだ。

「佐藤《さとう》、河嶋《かわしま》。談笑中悪いが、ちょっと時間いいか？」

　いつの間にか背後へ立っていた清水《しみず》さんに声をかけられる。俺と涼葉さんは同時にシャキッと背筋が伸び、誤魔化すように笑った。

「やだな、清水さん。俺たち仕事の話をしていただけですよ」

「いや、普通に会話の内容は駄々《だだ》漏れてっからな。従業員同士で親交を深めるのは結構なことだが、時と場所は選べよ。課長に見つかったらまた小言を食らうぞ」

そんな課長は席を離れて不在だ。きっとまた煙草《たばこ》でも吸いに行っているのだろう。あの課長はすぐに仕事をサボって一日に五回は休憩している。そろそろ部長も活を入れて欲しいものだ。

「も、申し訳ありません、清水先輩」

「そんなに畏《かしこ》まるな、河嶋。俺は別にお前らを叱りに来たわけじゃねえ」

「と言いますと?」

「ここじゃなんだから、場所を移動するぞ」

そして清水さんに言われるまま付いていくと、小さな会議室へと入った。ここは普段、面談とかに使う場所で、ホワイトボードとテーブル、四脚の椅子《いす》しか置いてない。先に清水さんが手前の席に座り、向き合うように俺たちは隣同士で座る。

少しばかり呼吸も小さくなり、心音は速くなる。

「おいおい、二人ともそんなに緊張するな。ここでやばい密談するわけじゃねえんだからリラックスして聞いてくれ」

そう言って笑う清水さんだけど、こういった話し合いでは面倒なことを押し付けられると相場が決まっている。

俺も涼葉さんも社会人になって身に染みているので、緊張するなというのは無理だ。

「まあ、なんと言えばいいか、課長に厄介なことを頼まれてしまってな」

「ああ、やっぱりそうなんですね。清水さん、遠慮はいりませんので早く本題に入っていいですよ」

「ふっ、そうか。すまんな」

清水さんは苦笑いをしたまま席を立つ。そしてホワイトボードに何か書き始めた。

あれは会社の組織図だ。

「基本的なことだが、ウチの会社は全国にいくつか支社を持っている。そのほとんどがここ関東圏にあるが、一つだけ関西にもあるのは知っているか？」

「はい、大阪《おおさか》支社ですよね。入社して最初の一週間、俺たちは他の同期メンバーと一緒に研修のため、あちこちの支社に挨拶や見学で訪問しているのでわかっています。と言っても、大阪支社だけは行きませんでしたが」

「ほう、お前らの世代はそんな制度があったのか。俺の世代ではなかったから旅行みたいで羨《うらや》ましいな。まあそれでだが、この大阪支社の経理部でとある問題が発生しているが、そいつは知っているか？」

俺は首を横に振る。隣を見ると、涼葉さんも同じ仕草をしていた。

「簡単に言えば人員不足だ。定年を迎えた者、産休に入った者、自己都合で退職した者が運悪く重なったらしい」

「でしたら、中途採用とかで新入社員を入れたらいいだけじゃないですか？」

「ああ、それなら既に急場をしのぐ措置として、他の部署にいた若手社員を二人異動させたみたいだぞ。だが話を詳しく聞くと、この二人は理系大学の出身らしくてな、頭は良《い》いが経理の基礎がまるでなっていないらしい。普通ならお前らの一年目みたいにＯＪＴで業務を学ばせるが、さっきも言った通り退職や休職のせいで現場はそんな状態ではないそうだ」

「あっ。だから大阪支社はあんな忙しそうにしていたんですね」

涼葉さんが口元に手を置きながら思い出したかのように言う。

「あれ涼葉さん、心当たりがあるの？」

「うん。先々週に預金残高管理の件でお電話したんだけどね、どうにも周囲で慌ただしい声が受話器から聞こえてきたの。照合も締めの時間ギリギリだったし、あまり余裕がなかったんだと思う」

ああ、思い出した。締め日で涼葉さんが何故《なぜ》か大阪支社の残高照合に時間がかかっていた件だ。裏ではそういう事情があったのか。

「ですが清水さん。大阪支社と俺たちになんの関係があるんですか？」

そう問うと清水さんが険しい顔となる。ボリボリと髪を掻《か》く。

「察しはつくと思うが、大阪支社長から本社の経理部にヘルプ要請があったんだ。誰か本社の人員を寄越して業務の手伝いと教育係をしてくれないかとな。で、支社長と仲が良い課長が快く引き受けてしまった」

「いやいや、勝手過ぎませんかそれ？」

あのデブ課長め。ネチネチした性格のくせに余計なことをするのだけは一人前だ。そんな暇があるなら少しは痩せろ。

「まあ大阪支社が逼迫《ひっぱく》しているのは事実だから放ってはおけない。そんなわけで、課長はまず俺に打診してきた。しかし俺の抱えている資金繰り業務は、今の経理メンバーでは俺か課長しかできない業務だ。だが業務を離れてしばらく経《た》つ課長に任せるのは不安だし、お前らや他の奴《やつ》に引き継ぐ時間もない。だから大阪行きを断った」

「賢明な判断だと思います。清水さんがこの経理部からいなくなる方が心配ですから」

涼葉さんも同感なのかコクコクと頷いている。

「他にも理由がある。お前らにはまだ言っていなかったが、実は妻のお腹《なか》に次の子どもがいるんだ。しかも妊娠九ヵ月でまもなく生まれそうなんだよ」

「わぁ、そうなんですね。清水先輩、おめでとうございます」

「ありがとう、河嶋。そんなわけで、俺はできる限り妻の傍《そば》にいてあげたい。正直、会社より妻子を優先したいって気持ちが強い」

「当然ですね。身重の奥さんもお子さんも大事にするべきです」

聞けば聞くほど、清水さんの出向はあり得ないな。しかし、清水さんがわざわざ俺たちだけを呼び出してこんな愚痴を言うだけとは思えない。

「つまり、俺たちのどちらかに行ってもらいたいってことですか？」

そう告げると、清水さんは逡巡《しゅんじゅん》しながら頷く。

「そうだ。課長が、俺が無理なら他の代役を立てろと言ってきた。そして短期間とはいえ大阪まで行くとなると、独身の方がすぐに動けるってな。悪いが、俺もこの意見には賛同している」

現在、経理部の中で独身なのは俺と涼葉さんだけだ。小さなお子さんがいる人はまず除外するべきだし、清水さんが俺たちを推薦したのも理解できる。

「来週の頭から約一ヵ月間だけでいいんだ。若手社員の指導係として経理のイロハを教えてやってくれないか？　もちろん、ウィークリーマンションを会社が用意するから住居は心配しなくていい。頼む！」

深々と頭を下げる清水さん。こんな事態になったのはこの人のせいではないのに。

「あの、でも……」

涼葉さんが戸惑《とまど》いの色を見せている。

それはそうだ。涼葉さんは仕事でいない母親に代わって家を守り、いつか帰ると信じている妹をずっと待っているのだ。大阪に行く心境じゃない。

だけどこちらはこちらで複雑な立場である。その涼葉さんの妹はまさに俺の家にいるのだから。

呪いの影響を考慮しても、猫神《ねこがみ》から遠く離れた大阪へ黒葉を連れては行けない。そして当たり前の話だが、今の家に黒葉を一人で置いとくわけにもいかない。

そうなると、もう結論は一つしか残されていないよな。

俺の中で静かに決意が固まった。

「わかりました、清水さん。大阪へは俺が行きます」

その瞬間、涼葉さんと清水さんが一斉にこっちを見てくる。

「いいのか、佐藤？」

「はい。大阪には一度観光で行ってみたかったからちょうどいい機会ですよ。ですけど、俺の抱えている業務はどうするつもりですか？」

「それなら経理メンバーに均等に振り分けて全員でフォローするつもりだ。わからないことがあれば電話で訊《き》くことがあるかもしれんが、お前一人に気苦労を背負わすつもりはないさ」

さすが清水さんだ。その後のこともしっかりと考えている。この人の爪の垢《あか》を課長に飲ませてやりたいくらいだぜ。

「なら平気そうですね。では課長への報告はお願いしてもいいですか？」

「ああ、俺から課長に話そう。他にはないか？」

「なら今度、美味《うま》いもの食わしてくださいよ。もちろん、清水さんの奢《おご》りで」

「ははは、帰ってきたら回らない寿司屋《すしや》に連れてってやる。引き受けてくれてサンキュな、佐藤」

清水さんはもう一度頭を下げてくれてから会議室を出ていった。だけど涼葉さんがこの場を動こうとしない。

「涼葉さん？」

「あの、ごめんなさい。康介くんに仕事を押し付ける形になってしまって」

不意に謝られてしまう。清水さんといい、涼葉さんも全然悪くないのだから謝罪などしなくてもいいのに。

「いやいや、さっきも言ったけど、ただ大阪に行ってみたいって望んだだけだから気にする必要は全くないよ」

「康介くんって本当にいつもそう……。そうやっていつもわたしを助けてくれる」

涼葉さんの瞳にジワッと涙が浮かんだ。それを見て俺はオロオロと慌てふためく。

だって別に涼葉さんを助けたつもりではないからだ。大阪の出向を引き受けたのは、俺が決意するためのきっかけに過ぎない。

　むしろこうなって、こっちが感謝したいくらいだ。

「勘違いしないでくれ。俺はそんな殊勝な男じゃない」

「でも……」

「それにさ、俺はまさしく独り身だけど、涼葉さんはちゃんと妹さんを世話しているじゃないか。だからそもそも俺が行くべきなんだよ」

　それらしい正論を述べてみる。だけども涼葉さんは納得がいっていない様子だ。少し乱れた髪を整《ととの》えるように触れながらも、その手は震えていた。

「黒葉は今、家にいないもの。わたしはあの子の世話をしてないわ」

「じゃあその妹さんが帰ってきた時、家に誰もいなかったらどう思う?」

　涼葉さんは押し黙った。清水さんに頼まれた際に躊躇《ちゅうちょ》した理由は、きっと黒葉の顔が脳裏に浮かんだからだ。そのことは既に自分でもわかっているはず。

　俺はそんな涼葉さんの肩にポンと手を置く。

「大丈夫。妹さんはまもなく涼葉さんの元へ帰ってくるから」

「そう、なのかな……」

「ああ、俺の勘はよく当たるって有名なんだ。じゃんけん勝負をすれば五割の勝率を誇っているんだぜ」

「ぷっ、ふふふ、それって普通のことだよね」

吹き出すように笑う涼葉さん。その弾《はじ》ける笑顔は、ご機嫌の時の黒葉にどこか重なって見えた。やっぱり姉妹なんだとつくづく思う。

●

その日の夜、我が家のテーブルにはデリバリーで配達してもらった豪勢なフレンチのオードブルが並んでいた。まるでこれからパーティーでも行われるかのような状況に、黒葉は目をキョトンとしている。

「ちょ、ちょっとどうしたのよ、これ？　今日、あんたの誕生日だとか？」

「そうじゃないが、黒葉には毎日家事を任せているし、その慰労とお礼も兼ねてこういう贅沢《ぜいたく》もいいかと思ってな。ほら、グラスを持て。乾杯だ」

「わわっ！」

ノンアルのスパーリングワインを注《そそ》いだグラスを渡し、強引に打ち当てた。しどろもどろだった黒葉もグラスに口を付けると「あ、甘くて美味《おい》しい」なんて感想を漏らし、普段とは様子の違う夕食が始まる。

「あ〜ん、これもあれも美味しいんですけど。ちょっと康介、これであたしが太っちゃったら責任を取ってもらうからね！」

ステーキとムニエルを口に含み、ニコニコしながら怒鳴られても道理に合わない。ともあれ満足しているようで良かった。

俺も料理を口に運ぶ。が、一口食べたところで首を傾《かし》げた。

「あれ、素っ気ない味だな。結構高いメニューにしたはずなのに、これなら黒葉の作る料理の方がよほど美味いぞ」

「あらそう。ふふっ、嬉しい言葉を言ってくれるじゃない。康介ってばどんだけあたしに胃袋を摑《つか》まれてんのよ。ウケるんですけど」

「いや全くウケねえから」

でも黒葉の料理に魅了されているのは本当だ。自分でも気づかなかったけど、いつの間にか仕事から疲れて帰って食べる温かな手料理に心が癒《いや》されていたらしい。

「でもさ、急にどうしてこんなことをしようと思ったの？　普通こーゆーのってお祝いとかあった時にするもんじゃん」

「さっきも言ったが、黒葉へのお礼だ。思い立ったが吉日ってことわざがあるけど、やれる時にやらないと、先延ばしにした結果できなくなるかもしれないからな」

「もしかして会社で何かあった？」

グラスを置き、心配そうな眼差《まなざ》しでこちらを見やる黒葉。

女の子って本当に勘が鋭い。

「俺はさ、まだまだクソガキなんだよ」

「どしたの、いきなり?」

ワインはノンアルだから酔っ払っていない。それでもほろ酔いしたみたいに言葉が止まらなかった。

「体がでかくなっても、サラリーマンになっても、まだ大学を卒業したばかりの子どもなんだなって実感した。今の幸せが崩れるのが怖くて、すげえ世話になっている人がずっと困っていたのを知っていたのに、自分のために助けるのを後回しにしてたんだ。最低だよな」

「それって当たり前なんじゃないの? あたしだって自分優先だし」

ケロッと言う黒葉に、俺はポカンと口が開く。

「てか、前々から思っていたけどさ、康介って自分を蔑《ないがし》ろにする節があんのよ。猫を救ったり見知らぬあたしに手を差し伸べてくれたり、どうせこれまでも他のたくさんの人も助けてきたんでしょ? だったらもういいじゃん。少しくらい自分の幸せのために動いたって罰は当たらないわよ。もしもあの猫神みたいな神様が何かしてきたら、あたしがぶっ飛ばしてやるわ」

「自分の幸せのために、か」

どうして俺は己より他者を重んじるようになったんだっけ。

母からそう教育されたからか？

もちろん当初はそうだ。子どもの心に植えつけられた常識はしっかり根付いている。でもそれだけじゃない。

本当に嫌ならやめることはすぐにできた。けどこの年齢になっても変わらなかった。

きっと誰かに必要とされ、感謝されることが嬉しかったのだ。

それはただの自己満足。自分に酔いしれたいだけの危険な考えでしかない。

だけど自身で決めたことなら貫くべきだ。たとえそれで自分が傷つくことになっても、それが佐藤康介という一人の人間なのだから。

「そうだな、善処してみるか。ありがとう、黒葉」

「どういたしまして。あ、そうそう、今日のお礼返しってわけじゃないけど、今度はあたしが康介にご馳走《ちそう》を作ってあげるわ。ねえ、何かリクエストとかある？」

それは心痛そうにしている俺を慰《なぐさ》める言葉だとわかっていた。ならそれに甘えさせてもらおうかと思った瞬間、口から自然と零《こぼ》れ落《お》ちる。

「味噌汁《みそしる》が飲みたい」

「は、味噌汁？　そんなのほぼ毎日作ってんじゃゃん。もっと他にないの？　あたし、レパートリーはまだまだあるわよ」

「それがいいんだ。黒葉の呪いが解けてこの生活が終わっても、その味を忘れないために飲みたい」

「もう、発想が貧困ね。そんなの、あたしが自分の家に帰ることになっても、どうしてもってお願いするなら作りに来てあげるわ。感謝しなさい」

「いや、女子高生が男の家に行き来するのって倫理的にダメだろ。黒葉、変な噂《うわさ》を立てられたくなかったら、もうここへ来るんじゃないぞ」

「なんでよ⁉ ふ〜んだ、そんな意地悪言うならもう二度と遊びに来ないんだからね」

拗《す》ねる黒葉に、俺は笑いながらも優しい言葉はかけない。

これでいい。出会う前の関係に戻るのが、俺の中での正解なのだ。

●

それからしばらくはただの日常を過ごした。

会社では自分の業務の合間に大阪の若手社員のための教育マニュアルを作成し、家では黒葉の宿題を手伝いながら、こっそり出向準備を進める。

そんなこんなで忙しい日々を送って、あっという間に土曜日となる。大阪には日曜の夕方に前乗りするため、出発まで残り一日と迫っていた。

そんな折、俺は黒葉に外出をしないかと提案する。黒葉は猫探しなのかと思っているのか、詳しい内容を聞かずに了承してくれた。

「ねえ康介、どういうつもり⁉」

後ろを歩く黒葉からクレームが飛んできたのは電車に乗ってからだ。

最初は近所の公園に立ち寄ってみたのだが、あいつは残念ながらいなかった。なのでもう一つの場所だと思い、そこを目指すべく電車で移動する。

「今日は猫探しをするんじゃないの？　普段とは違うところを散策するのはいいけどさ、どうしてあたしの荷物が必要なのよ？」

「シーッ、電車の中なんだから大人しくしてろ。誰も猫探しするとは言ってないだろ。それに黒葉の荷物は俺が持っているんだから文句言うなって」

そう、俺は黒葉のボストンバッグや学生鞄《かばん》、そして買ってあげた漫画の紙袋を持っていた。もちろんバッグの中には黒葉の持ち物が全て入ってある。

「はっ、わかったわ！　あんた、このままあたしを山奥に捨てるつもりでしょ？　もう遊び飽きたから用済みの女はポイってわけね。この鬼畜男！」

「失礼なことを言うな。ほら、もう着いたから降りるぞ」

「えっ、ここって……」

電車の移動はたった一駅だけ。下車したのは河嶋家がある最寄り駅だ。

「ぼんやりしてないで行くぞ」

「行くって……、このままあたしをお姉ちゃんに会わせるつもり⁉」

「まあ、そうだな。半分は正解だ」

「ちょっと待ってよ！　お姉ちゃんは猫アレルギーだからダメって言ったじゃない！」

「わかっている。だからお前の家に行く前に寄るところがある」

そうして俺たちは住宅街とは離れた場所へと向かう。そうして十五分ほど歩くと、目的の赤い鳥居が見えてきた。

「ここって霧戸《きりと》神社じゃない。康介、まさかあのバカ猫に会いにきたわけじゃないわよね？」

「そのまさかだ。近所の公園にいてくれたら楽だったけど、バステトも肝心な時にはいなかったからな」

鳥居をくぐって神殿まで足を踏み入れると、そこに猫神の人型バージョンがいた。境内を掃除していたのか、竹箒《たけぼうき》で掃いている姿は巫女《みこ》の格好とよく合う。

「なんじゃ、お主たちか。黒葉の気配がしたからもしやとは思うたが、わざわざそちらから出向くとは驚きじゃの。ようこそ霧戸神社へ」

「お邪魔させてもらう。それにしてもバステトがいてくれて良かった。もしいなかったら街中を探す羽目になっていたからな」

「なんの用じゃ？　――と、わざわざ問うのは野暮《やぼ》かの」

「ああ、以前言った件を実行させてもらいに来た」

バステトは「そうか」と呟《つぶや》き、黒葉の方を見やる。

「お主はいつ見ても仏頂面《ぶっちょうづら》じゃな。女が愛嬌《あいきょう》を捨てて、そんな風に眉間《みけん》に皺《しわ》を寄せるのはどうなのじゃ？」

「うっさいわね。あんたを見るとどうしてもこの顔になっちゃうだけよ。あたしの可愛《かわい》らしい笑顔を見たいのなら、さっさと呪いを解きなさい」

「にゃはは。なれば黒葉のその願いは康介が叶《かな》えてくれそうじゃぞ」

「はぁ？　そんなわけ……。ねえ、えっ、康介、ホントなの？」

俺の表情を読み取ったのか、黒葉は急に狼狽《うろた》え始める。

「本当だよ。そのためにわざわざ霧戸神社に赴《おもむ》いたんだからな」

「で、でも、呪いを解くのには恩恵が必要だってこの猫神は言っていたじゃない。それにあたしは等価交換を利用するつもりはないわよ」

「ああ、その心配はしなくていい。等価交換をするのは俺だ」

「康介が？　え、どういうことよ！　あたしにもわかるように説明して！」

黒葉が息を荒らげて詰め寄ってきた。

本来は黙ってやりたかったが、説明しないとどうにも納得してくれそうにないな。

ふぅ～と息を吐く、

「初めてバステトに恩恵と等価交換の話を聞いた後、俺は有効的な使い方がないかと思案した。そしてあることを思いつく。大切な記憶の代わりに恩恵を作り出す力が等価交換にあるのなら、その等価交換を用《もち》いて恩恵自体を他の人に移せるんじゃないかとな」

「等価交換で恩恵を人に移す？」

「恩恵をもらうって言った方が黒葉にはわかりやすいかもな。つまり、猫神に呪われてなく、それでいて恩恵を受けている人から、その恩恵を譲渡してもらうんだ」

「あ、そういうことか。でもそんな人、今から探しても……って、ああ、そっか！　康介なら呪いにかかっていないし恩恵を受けているわ！」

　俺はコクッと頷いた。

「黒葉のお袋さんも呪いにかかっていたらしいが、その時の解呪もおそらくそれと似た方法をしたんだろう」

「確かにママには恩恵を持った友人がいたってこの猫神が言っていた。康介にはもう話したわよね？　お姉ちゃんからの情報でイノリっていう名前の親友がいたって話。本当なら探してその人からお話を聞ければ良かったけど、まだどこにいるのかわからないから保留にしてたじゃん」

「イノリ……」。ああ、そうだったな。だがもうその必要はなくなった。もう既にこの方法でできることはバステトに確認している」

「そうなの、猫神？」

「にゃふふ、さ〜ての〜」

　あくまでバステトは惚《とぼ》けた素振りを見せる。黒葉はイラッとしているが、逆に俺はその態度に胸を撫《な》で下《お》ろしていた。

「まあいいわ。でも、等価交換を実行するなら何か代償を払わなきゃいけない。その辺はどうするつもりよ？」

「確かに恩恵を新たに作り出すのならそれなりの代償が必要だろう。けど元々ある恩恵を移すだけならそう大したものじゃない。そこで今回はこれを用意した」

　黒葉のボストンバッグに入れていたある一品を取り出す。そして俺はそれをバステトに投げ渡す。

「にゃふ〜っ！　超高級な猫缶なのじゃ！　わらわ、一度食してみたかったのじゃ」

　猫缶に頬ずりし、舌なめずりをするバステト。

　それを見た黒葉は呆《あき》れるような顔をする。

「あんたさ、神のくせに人間の作った猫缶なんか食べるのね。てか、神様ってそもそも食べる必要あるの？」

「うむ、良い質問じゃ。神は食べなくても生きていられるが、それでも何かを口にしたいこともある。わらわの場合、食生活は猫と変わらぬからそれが猫缶であっただけじゃ」

「こんな神に呪われたあたしって一体……」

黒葉は盛大に肩を落とす。

自分を呪った相手が、そこいらの猫と同じであったことに複雑な気持ちを抱いたのだろうな。

「ま、そんなわけだ。これで等価交換は成立したが、理解してくれたか？」

「ええ、意図は伝わったわ。でもさ康介、こんな案があるんだったらもっと早く言ってくれれば良かったのに。あたしがここ数日、頑張って迷い猫を探していたのは無駄だったじゃない」

「仕方ないだろ。それに元々は猫に対する贖罪《しょくざい》から始まったんだから、黒葉の猫を助ける姿勢はこれから先も決して無駄にはならないぞ」

「それはそうだけどさ、な〜んかスッキリしないわ。これで本当に元の姿に戻れるのなら嬉しいけど、こんなにトントン拍子で上手《うま》くいってもいいのかしら。どうも引っかかるのよね」

なんかぶつぶつと言ってきた黒葉。変に悟られる前にさっさと始めるとしよう。

流し目を送ると、バステトはニンマリと笑う。さあ頼むぞ。

「それじゃバステト。俺が捧《ささ》げる代償を贄《にえ》として、俺の中にある恩恵を黒葉に移してくれ」

「うむ、了解した。では黒葉よ、康介の隣に立つのじゃ」

「え、ええ……」

バステトが何か呪文のようなものを唱え始める。そのほとんどが「にゃあ」なので意味はわからないが、多分猫語で崇高な言葉を言っているのだろう。

そしてバステトの右手が光り輝くと、ゆっくりと俺の胸に当てられる。そして俺の胸から赤い球のような物体を取り出し、そのまま黒葉の胸の中へと入れた。

「終了じゃ。これで黒葉に恩恵が備わった。すなわちこの時点でわらわの呪いも解けた」

「え、こんなにあっさりと……？　嘘《うそ》じゃないわよね？」

黒葉は自分の体を隅々まで眺《なが》めている。クルリと回転し、スカートが靡《なび》く。

疑うのも無理はない。確かに神秘的な儀式みたいだったけど、ものの数十秒で終えたのだ。これまでの苦労に比べたら刹那である。

「まだ信じられないんだけど」

「だったら本当に解呪されたのか、これから確認すればいい。どうしても会いたい相手がすぐ傍にいるんだろ？」

俺は預かっていた荷物を黒葉に渡した。黒葉は少し潤んだ瞳で見つめてくる。

「ねえ、康介。お姉ちゃん、あたしのことちゃんとわかってくれるかな？　あたしを見て、また怖がったりしないかな？」

「ああ、もう大丈夫だ。きっと優しく出迎えてくれるさ」

「うん！　なら康介も一緒に行こっ。あたしと一緒だとお姉ちゃんに何か言われるかもしれないけど、この体でちゃんとお姉ちゃんを紹介したい」

その提案にグッと心を惹《ひ》かれたが我慢する。これから先の彼女らへの関与は、もう俺がすべきではない。

「アホか。せっかく隠し通した嘘を無駄にするな。いつかそうした機会があった時にしてくれればいい。だから今は姉との再会を喜べ」

「えへへ、そっか。なら今はあたし一人でお姉ちゃんに会いに行ってくるね」

「ああ、頑張れよ」

文字通りに俺は黒葉の背中を押した。その手は震えていたけど、こいつには悟られないように強く。

これで全部終わる。

物語は終焉《しゅうえん》を迎え、祝福のファンファーレを鳴らしてハッピーエンドだ。

●

子どもの頃、俺は世界名作劇場のアニメが好きで、よくＤＶＤをレンタルして視聴していた記憶がある。

　その中でも『母《はは》をたずねて三千里《さんぜんり》』という親子愛の作品が一番好きで、母と再会した主人公の回ですごく感動したことをふと思い出していた。

　俺は今、河嶋家から数十メートル離れた電柱に隠れて、これからインターホンを鳴らそうとする黒葉の様子を窺《うかが》っている。

「いよいよじゃな。ふうむ、緊張するの」

「――って、どうしてお前も盗み見しているんだよ⁉」

　何故か一緒に付いてきた猫神に思わずツッコむ。

「だってここから感動的な場面なんじゃろ？　人であろうと猫であろうと神であろうと、こういったシーンは種族関係なく好きなのじゃ」

「いや、そもそもバステトがあの姉妹を引き離したんだけどな。それでいて二人の再会を観客席で眺めるなんて、どんな自作自演だよ」

「にゃふふ。それよりも康介、黒葉の姉が現れたぞ」

　姉妹が再会する感動のシーンが始まった。

　涼葉さんが驚きから喜びへと変わる姿が目に映った。残念ながら距離があるため何を喋《しゃべ》っているかまでは聞き取れなかったが、それでも二人が泣きながら抱き合っている姿を見て、解呪は成功したのだとようやく心の底から安堵《あんど》する。

もう大丈夫だ。これから先、彼女たちはずっと仲良し姉妹なままでいるだろう。

「バステト、それじゃ俺たちはそろそろこの場を去ろうか」

「むっ、最後まで見届けぬのか？」

「こっから先はあの二人だけの空間だ。邪魔をするのは野暮になる」

「ふむ、ならばお主に倣《なら》っておこうかの。神を邪魔者と思われたくないのでな」

そうして俺たちは河嶋姉妹に気づかれないように、こっそりと霧戸神社へと戻った。

黒葉ともお別れであるように、バステトともこれでお別れだ。結局のところ、ここ数週間のトラブルの原因はこいつのせいであったけど、いざ終わりとなるとちょっぴり感慨深くなる。少しはバステトとの別れも名残惜《なごりお》しかったのかもな。

だったら最後くらいは礼の一つも言っておこう。

「バステト、色々ありがとな」

「藪《やぶ》から棒に何じゃ？　わらわは康介に感謝されることはしとらんぞ」

「等価交換の際に、俺の嘘に合わせて協力してくれたことだよ。おかげで黒葉には気づかれずに終えられた」

「にゃっはっは、康介にはたくさんの猫が世話になったからのう。しかしあの娘には本当に黙っていてよかったのか？」

核心の部分を問われて、思わず苦笑して肩を竦《すく》める。

「どのような願いも等価交換を行うには、記憶なら最低でも一人分の大切な思い出を捧げてもらう。わらわはお主にそう説明したつもりじゃが、康介がしたことをあとで知れば、あの娘はきっと怒ると思うぞ？」

「そうかもな。けど解呪に関して、俺とあいつは一蓮托生《いちれんたくしょう》だと最初に言っていたんだ。これくらいの泥は被《かぶ》ってもらうさ」

恩恵を黒葉に与えるための等価交換。

高級猫缶が代償だと黒葉には説明したが、真実は俺の中にある黒葉という少女の記憶を贄にするものだった。

黒葉は軽薄そうに見えてかなり律儀な性格だ。自分の代わりに俺が記憶の一部を消失すると知ったら絶対に反対していただろう。だから事前にバステトへ、黒葉には秘密にするよう言っていた。

「それに、俺らの関係をリセットするにはこれが最善だったんだと思う」

「リセット、とは元通りを意味する言葉じゃったな」

「ああ。こんなことがあって黒葉と知り合えたけど、本来ならJKとサラリーマンの俺たちは出会いもしなかった関係だ。黒葉はこれから俺みたいな男のことなんて忘れて高校生活を謳歌《おうか》していくだろうし、あとは俺が忘れてしまえば未練も残らず出会う前の二人に戻れる」

少し寂しい気もするが、社会人になってから友人との別れを幾度も経験してきた。これから大人になる黒葉もこれくらいは慣れていってもらいたいと切に願う。

「ふむ。まあ、お主が自分で納得しておるのならばよい。しかし黒葉との記憶がなくなるということは、猫の呪い関連の記憶も失うということじゃ。当然、康介の中にあるわらわの存在も消えるじゃろう」

「そうなんだよ。黒葉に関しては己の選択だから仕方ない部分もあったけど、バステトのことも忘れるのは心残りだな。実は俺、お前のこと結構好きだったし」

ついポロッとそう言うと、バステトの顔が赤く染まる。

「なんと愛の告白か⁉　お主の気持ちは嬉しいのじゃが、異種族との結婚は猫の世界では禁じられておるし、そもそも二股はいけないことじゃとわらわは思うのじゃ」

「いや、そんな意味じゃねえよ！　つか二股ってなんだ⁉」

「にゃふふ、わらわは知っておるのだぞ。康介があの娘を好いておることをの」

もしかして涼葉さんのことを言っているのか？　そりゃ、愛に近い感情はあるけど。

そういう意味じゃ、等価交換の対価に涼葉さんの記憶を要求されなかったのは意外だった。要求されていたらマジで悩んでいたよ。

「しかしわかっておるとは思うが、康介が猫缶を対価にして黒葉の記憶を保持した期間はたった一日限りじゃ。明日になれば全部忘れてしまうことを肝《きも》に銘じておくのじゃぞ」

「ああ、理解している」

これは余談だが、実はバステトに猫缶を渡すのにも意味はあった。あの場ですぐに記憶を消失したら黒葉に感づかれてしまうだろう。なので、猫缶を捧げる代わりに一日だけ待ってもらったのだ。

「ならば康介よ、記憶を失う前に教えてくれぬか。かつてのイノリという少女もそうじゃったが、どうしてお主はあの娘にあそこまで尽くせたのじゃ?」

その質問は俺の根幹に当たるもの。

適当にはぐらかすことも考えたが、しっかりと話しておくのがこの神様への最後の礼儀だと思った。

「理由を話すとすればその少女——香坂祈里《こうさかいのり》と同じだよ。俺はその人に、女の子と猫が困っていたら助けろと言われてきたからな」

バステトの目がカッと見開かれる。

「お主、祈里のことを知っておるのか?」

「まあな。旧姓、香坂祈里。今は佐藤祈里といって俺の母親だからな」

「なんと!」

どうやらこれはバステトも知りえない事実だったみたいだ。元は猫のせいなのか、髪が逆立っている。

「では親子二代に亘《わた》り、同じ方法を用いて呪いを解いたと言うのか？」

「らしいな。俺も昨日、会社をわざわざ休んで母さんに会って確認したから間違いない」

俺は涼葉さんが黒葉に送った写真の画像を見せてもらっていた。二人の母、河嶋瑞葉《みずは》さんの隣に自分の母親がいたのを見てどれだけビックリしたことか。

「じゃが、祈里はわらわや瑞葉のことは忘れておるはず」

「そうだな。確かに母さんには猫神と河嶋瑞葉さんの思い出はなかった。これは想像だが、河嶋瑞葉さんとの友人関係を無にすることが等価交換の代償だったんだろう。だから二人はお互いのことを覚えていなかった」

バステトは俺の仮説に肯定も否定もしない。だけどそれほど外れていないはずだ。

「康介は祈里と話して何を知ったのじゃ？」

「さっきも言ったが、母さんは呪いのことを覚えていない。けど母さんは高校時代に日記を書く習慣があって、猫神や呪いのことを書き記していたんだ。本人は忘れているから当時は自分で創作した内容かと思い、ずっと心の中がモヤモヤしていたらしい、それでも念のため、息子の俺に女の子と猫の大切さを叩《たた》き込《こ》んだようだ」

これが長年、俺が母に対して抱いていた疑問の答えになる。あのおかしな教えのせいでこんなおかしな一件に巻き込まれてしまったけど、おかげで一人の少女を救えたことは誇りに思う。

「なるほどのう。わらわが康介に初めて会った時、どこか懐かしさを感じた理由はそういうわけじゃったか。祈里の息子……、にゃふふ、わらわも歳《とし》を取ったものじゃ」

見た目幼女ですごく年寄り臭いことを言うバステト。ふと、数年前に亡くなったおばあちゃんを思い出した。大好きだったおばあちゃんみたく、儚《はかな》げな表情をしている。

すると、バステトは急に猫の姿へと戻る。

『うむ！　康介よ、お主ら親子は真《まこと》に楽しい存在であった。これからもお猫様への善徳を積むのじゃぞ』

最後にそう言い残し、バステトは煙が消えるようにいなくなってしまう。

「これで終わりかよ。なんつーか、呆気《あっけ》ない」

でも現実なんてこんなものかもしれない。

これであいつらと出会う前に戻るのだ。さっさと切り替え、家に帰って大阪行きの荷物をまとめないとな。

「じゃあな、黒葉、バステト。お前たちとの日常は騒がしくて、でもすげえ楽しかった」

幕間◆失ってから気づくこと

「ただいま、黒葉《くろは》。え～い！」

「きゃあっ！　もう、お姉ちゃん！　料理中にベタベタするのはやめてって、あたし昨日も言ったでしょ！」

「いいじゃない。お姉ちゃんは働いて疲れているから、妹成分の補給が必要なのです」

「そのイミフな成分は何よ!?」

あたしが夕食の支度《したく》をしていると、仕事から帰ったお姉ちゃんに背後から抱きつかれる。家出する前もこんな感じだったけど、家に戻ってからもっと酷《ひど》くなった気がする。だってこの状態が五分くらい続くんだもん。

「暑苦しいからもういいでしょ。夕飯の準備はもうできているから、お姉ちゃんは先にシャワーを浴びてきて」

「は～い」

精神的に擦り切れ、あたしは軽くため息を吐《つ》く。

お姉ちゃんってこんな面倒な人だっけ。再会した時はつい感動して抱きついちゃったけど、これなら康介《こうすけ》といた時の方がよっぽど楽だったわ。

明日にでも康介の家に逃げようかしら。

そうしてしばらく経《た》つと、髪が濡《ぬ》れたままのお姉ちゃんが現れる。

まったくもう、食事の前にもう一つやることができちゃったじゃない。

「お姉ちゃん、ソファーに座って。あたしがドライヤーをかけてあげるから」

「うん、お願いね」

あたしは洗面所にあるコードレスのドライヤーを持ってきて、鼻歌を歌うお姉ちゃんの髪に後ろから熱風を当てる。

「今日は仕事、定時だったんだね。お姉ちゃん、これからしばらくはこれくらいの時間に帰れるの？」

他愛もない質問のつもりだったけど、お姉ちゃんの鼻歌がピタリと止まった。

「ううん。明日からまた残業で遅くなると思うわ。連絡はするけど、当分の間は一人で先に夕食を済ませてもらうことになるかも」

「そうなの？　だってお姉ちゃんの仕事、忙しくなるのはもっと月末近くになってからじゃん」

「いつもはね。でも経理部が一人少なくなったから、その人の分をみんなでフォローしてあげないといけないのよ」

「ふ～ん」

誰か退職でもしたのだろうか？　自分ではない誰かの都合で振り回されるなんて、会社員ってやっぱり大変だな。あたしだったらその人にキレてしまうかも。

「てか、急に辞めるなんてそいつも傍迷惑《はためいわく》な人よね。お姉ちゃん、そんな人にはちゃんと文句言った方がいいわよ」

「いなくなったのはわたしの同期の人なの。それに彼は辞めたわけじゃなく、今日から大《おお》阪《さか》に行くことになってしまっただけの話だから」

「えっ……？」

あたしは持っていたドライヤーをソファーの上に落としてしまう。

「どうしたの、黒葉？」

「え、あ、なんでもない。手が滑《すべ》っちゃった」

誤魔化しながら慌ててドライヤーを拾った。

「その人って、前にお姉ちゃんが言っていた人？」

「ええ、佐藤《さとう》康介くん。わたしが会社で最も頼りにしている男性よ。彼がいなくなって、初めて彼の存在の大きさに気づかされたわね」

「…………」

そんな話、あいつから全然聞いてない。

会社に言われたのが最近だとしても、あたしの呪いを解いてくれた一昨日《おととい》の土曜には知っていたはずだ。なのに、あたしに黙っていなくなる？　何よそれ。

「ひゃあっ、熱いよう！」

「あ、ごめんなさい」

自分でも気づかないうちに手が止まっていたみたい。同じ箇所《かしょ》に熱風を当てられ続けたお姉ちゃんが情けない声を上げる。

いつの間にか髪は乾ききっていた。あたしはもう一度お姉ちゃんに謝り、ヘアブラシで髪を整《ととの》えてあげる。

そして夕食の席に着くけど、あたしの胸の中にある靄《もや》はまだスッキリしない。

「――でね、わたしったら黒葉が康介くんの家にお邪魔しているんじゃないかって心配していた時期があったの。うふふ、わたし勘違いしちゃった」

というのも、食事中もずっと康介の話題が続いていたからだ。

結局あたしはお姉ちゃんに、猫の呪いをかけられたことや、康介の家で居候をしていたことを話してはいない。特に呪いに関しては言っても信じてもらえないだろうし、仮に信じたとしても余計な心配を増やすだけだと思ったから。

でもお姉ちゃんに話さなかった理由は、もしかしてあの生活をあたしと康介だけの秘密にしていたかっただけかもしれない。

「あはっ、そんなわけないじゃない。ナナにモモカ、それとサオリの家を転々と泊まらせてもらっていたわ」

「うん、黒葉から連絡もらっていたものね。今度、そのお友だちにはお礼を言いに行かないといけないわね」

「別にいいわよ。あたしたちは普通にお泊まり会をして楽しんでいただけだし」

「そうはいかないわ。妹を何日もお世話してもらったんだから、きちんと感謝するのが大人の礼儀よ」

「はぁ、メンドくさ」

ナナたちには前もってあたしが泊まったことにするよう打ち合わせしているから問題ないと思う。けどその子の親にまで根回しをしてないからバレない保証はない。

それにしても、お姉ちゃんから康介の話をされるのってどうもイラつくのよね。まるであたしの知らないあいつを自慢されているみたいな。

お姉ちゃんにそのつもりはないだろうけど、お返しで少し意地悪をしたくなってくる。

「ねえ、お姉ちゃん。もしもだけど、あたしが一人暮らしの男の家に泊めてもらっていたとしたらどうする？」

「えっ、男の家……？」

お姉ちゃんの顔色が一瞬にして蒼白《そうはく》になった。ふふん、どうだ。

「そそ、それって本当なの？」

お皿をカチャカチャと鳴らし、動揺が隠せないお姉ちゃん。よしよし、ここからさらに畳みかけてやる。

「ええ、もちろん。相手は独身の大人の男性でね、デートに連れてってくれたり、あたしの欲しいものを色々買ってもらったりしたの。夜になると優しくしてくれたわ」

映画を観《み》たり、漫画や指輪をプレゼントしてもらったから嘘《うそ》ではない。あと、夜に毎週観ているドラマの時間帯になると、あたしにテレビのチャンネル権を譲ってくれたし。

「だからお姉ちゃんもいい加減………って、ええっ！」

お姉ちゃんはポロポロと涙を流していた。そして目からハイライトが消えて、焦点が合わずに虚《うつ》ろな表情となる。

「ど、どうして泣くのよ⁉」

「だ、だって黒葉が不良になったから……。黒葉のこと、お母さんに頼まれたのに汚されちゃった……」

そうだった。あたしの姉はこういう冗談には向かない性格だった。

「嘘よ、嘘！　お姉ちゃんの想像していることは一切《いっさい》してないから泣《な》き止《や》んで！　マジでうっとうしいから！」

「本当に？　変な人に体とか売ってない？」

「していないわよ！」

「ほっ、よかった」

　康介といい、どうして大人は女子高生だからってそういう発想になるのかしら。はっきり言って、あたしら高校生より頭にエロが詰まっているんじゃないの。

「でも話のついでに言うけど、お姉ちゃんもいい加減に恋人とか作った方がいいわよ。美人で聡明《そうめい》、それでいて巨乳なんだし市場価値は高いわ。人気があるうちに結婚相手を見つけないと、歳《とし》を取ったらすぐに後悔するんだからね」

「えっ、でも、わたしに結婚なんてまだ早いかなって」

　この姉は思考回路が学生の頃から変わってないな。こんなだから、あたしは昔からお姉ちゃんと恋愛話をしてこなかった。

　いいわ。この際だから探ってやる。

「じゃあ、お姉ちゃんがよく話している佐藤康介って人は？　お姉ちゃん、その人のこと好きだったりする？」

「こ、康介くん⁉　ふぇぇぇぇぇえっ！」

　お姉ちゃんはすぐに赤面顔になった。あ、これはマジで好きなやつだ。

　夏休み前だったら、あたしは本気でお姉ちゃんを応援していたと思う。でもね、世界の情勢は刻々と変化していくように、あたしの心も常に変化しているのよ。

「ところでその男ってさ、ずっと大阪にいるの？」

「え、ううん、予定では一ヵ月で帰ってくるわ。もしかしたら遅くなるかもだけど」

「へえ。じゃあさ、そいつが帰ったらあたしに教えてよ。あたしからその佐藤康介さんにお礼をしてあげるから」

「ど、どうして黒葉が？」

「あれれ、だってお世話になったらきちんと感謝するのが大人の礼儀なんでしょ？」

「うう……、わ、わかったわ」

よっし、情報ゲットね。

ごめんね、お姉ちゃん。お姉ちゃんのことは本当に大好きだけど、恋愛は弱肉強食だから本気でいかせてもらうわね。あいつだけは譲りたくないの。

そして康介。あたしに黙っていなくなったこと後悔させてあげるんだから。再会したらまずは思いっ切りビンタしてやる。

エピローグ

人はなんらかの記憶を脳に蓄積し、同時になんらかを記憶を忘却することを繰り返す。これが記憶のメカニズムと言われている。

その中で人は過去の記憶を取捨選択している。鮮明に覚えておきたいことや衝撃的なことほど記憶の保持が強まるのだ。

ほとんどの人は幼稚園の先生の顔も、小学校であまり仲良くなかった友人の名前も、テスト前に必死で覚えた数学の公式も既に忘れてしまっているだろう。それらはきっと、頭が必要ないと判断した結果なのだ。

でも何故《なぜ》だろう。不思議なことに、最近は、捨ててはいけない何か大切なことまで忘れてしまった気分に陥《おちい》っていた。

そんな状態ながらも、俺は大阪《おおさか》での教育業務をどうにかやり終える。大阪ではその忘れてしまった何かが引っかかり、余暇を全然楽しむことができなかったな。

それよりも家に戻れば、それが何かわかるんじゃないかとずっと待ち遠しかった。

「ふ〜、久しぶりの我が家だ」

およそ一ヵ月ぶりに帰宅した俺は、荷物を置いてようやくホッと一息吐《つ》く。

「──っと、着信か。ん〜、おっ、涼葉《すずは》さんからだ」

スマホを開くと涼葉さんからのREINが届いていた。

『大阪でのお仕事お疲れ様でした。来週また会社で会えるのを楽しみにしています』

その文章を見て思わずにやっとしてしまう。今日は金曜日だから、涼葉さんに会えるのは三日後になるな。

涼葉さんに返信してから、軽く体操がてらにグッと体を伸ばす。

というのも、帰って早々に家の掃除をせねばならないからだ。一ヵ月以上も放置していたら、さすがに家も埃《ほこり》っぽくなる。

そう思っていたのだが──。

「おかしいな」

部屋を見回すと、妙な違和感を覚える。一ヵ月間、全く掃除をしていないはずなのに部屋が汚れていないのだ。

「母さんが来てくれたのかな？」

そう呟《つぶや》いたが、その考えをすぐに打ち消す。几帳面《きちょうめん》な母が訪れるなら事前に連絡をするはずだし、そもそも合鍵を渡してない。

「となると、泥棒か？」

消去法で考えたがそれも違う。どこの世界に部屋を掃除する泥棒がいるというのか。

俺が首を傾《かし》げていたその時、唐突に玄関の扉からガチャガチャと音が鳴る。

ギョッとして振り返ると、扉が開き一人の女の子が勝手に家の中へと入ってきた。

「あ、な～んだ。今日だって聞いていたけど早かったのね。おかえり～」

軽いトーンの声で話しかけてくるそいつは、どう見ても女子高生の格好をしている。しかも俺の苦手なタイプでギャルのＪＫだ。

「えっと……」

「うぷぷ、ホントは会った瞬間に一発殴ってやろうかと思っていたんだけど、あんたのそのマヌケ顔を見たらそんな気分じゃなくなったわ」

馴《な》れ馴《な》れしく絡《から》んでくる褐色肌の女子高生。しかし俺は相手が学生だろうと用心深く警戒する。危険人物には見えないけど、少なくとも勝手に家の中へ入った時点で不審者だ。

「お前、どうやって鍵を開けた？」

恐る恐る訊《たず》ねてみた。

「ほら、あんたから預かった合鍵を返してなかったじゃない。そんで、留守中に部屋を綺《き》麗《れい》にしてあげようと思って、こうして何日かおきに学校帰りに直接寄ってここを掃除していたってわけ。どう、あたしって健気《けなげ》な女よね～」

うっとりと自己陶酔する女子高生に混乱するばかりだ。しかし不思議と、この子に悪意がないのだと確信している自分もいる。

「そ、れ、よ、り」

黙って立ち尽くしていると、少女が詰め寄って俺の手を強く握ってきた。

「は、へ？」

「あたしもこの一ヵ月、いろんなことがあったから聞いてよ。実はね、あの猫神《ねこがみ》と呪いが解けた後もたまに会っているの。理由としてはお姉ちゃんにも恩恵を受けさせたいと思ったからよ。万が一、お姉ちゃんが呪われたらヤバヤバだからね。相変わらず十匹がノルマだって言っていたけど、あれからなんと二匹も救ったの。あたしってすごくない？」

怒濤《どとう》のマシンガントークにただただ圧倒された。口を挟まず聞き入ってみたが、言っている内容がさっぱりだ。

すると少女が俺の戸惑《とまど》っている様子を察したのか、心配そうに顔を覗《のぞ》き込《こ》んできた。

「気難しい顔をしてどうしたの？　あ、そうか。大阪から帰ってきたばかりだし、疲れているわよね」

「な、なんでそれを知っている？」

「ふふん、お姉ちゃんから全部聞いているわ。それにしてもマジで疲れてそうね。顔色が悪いわよ。今晩の食事の用意はあたしがしてあげるから、あんたはゆっくり休んでなさいな。ふふっ、そうだ、前にリクエストしてくれた味噌汁《みそしる》を作ってあげよっか」

そうしてキッチンに向かおうとした少女の腕を摑《つか》んだ。

「康介《こうすけ》？」

この子に名を呼ばれた瞬間、頭にズキッと痛みが走る。しかしそれでも俺は彼女に問《と》い質《ただ》さなければならない。

「キミは……、誰だ？」

「っ！」

少女の息を呑《の》む音が聞こえた。

そして少女は視線を真《ま》っ直《す》ぐ俺に向け、驚く表情になってから唇を嚙《か》みしめた。しばらくすると何かを諦めたように苦笑いを浮かべている。

「あは、は……。えっと、それって何かの冗談？　も〜、やめてよ。つまんないわ」

「冗談なんかじゃない。キミは一体誰なんだ？　俺のことをよく知っているようだが、キミの顔は見たこともない。もしも不法侵入だとしたら、警察や学校に連絡しなければならなくなる」

「……っ！」

きつくそう言うと、女子高生は静かに肩を震わせていた。

顔は俯《うつむ》き、髪で表情が隠れてしまう。俺は少女が逃げないように腕は摑んでいるが、その様子はなく完全に脱力している。

そして少女は喉の奥から絞り出したような声を出した。

「あの、さ。本当に覚えていないの？　あたしのことやあの猫神のこと……？　一緒に頑張って……、そ、それでお姉ちゃんによう やく……」

「だから何を言っているかさっぱりだと………、えっ？」

ポタッと床に落ちる水滴に気づいた。慌てて少女の顔を覗き込むとその瞳から大粒の涙を流している。

「お、おい」

俺が泣かせた？　守らないといけない対象である女の子を？

「あ～、そっか……、そういうことか……。あたしも等価交換があんな猫缶で済むのはおかしいと思っていたのよ。それに猫神が、康介にもう会うなって言っていたのはこれが理由だったのか。でもまさか、よりにもよって自分の記憶を代償にするなんてそんなのって……」

少女は悲しみ、そして同時に怒っていた。そんな風にしたのはきっと俺のせいだ。

「あの……」

顔を俯かせている少女になんと声をかけていいかわからない。腕を掴んでいた手も力が入らずに放してしまう。

すると少女は自由になった腕で、涙で濡《ぬ》れた自分の顔をゴシゴシと拭《ふ》く。

「あ～～～～～～っ、どいつもこいつもふざけんなああああああっ！」

急に顔を上げた少女が叫ぶ。それは俺にではなく、まるでこの世界そのものに向けてぶつけているようだった。

「せっかく呪いが解けたのにこの仕打ちは何なのよ！　恩恵？　等価交換？　康介も猫神もあたしに内緒で勝手に進めちゃってさ、少しは残されたあたしのことも考えなさいよおおおおおおおおおおっ！」

叫び終えた少女はスッキリとした表情になり、泣いて真《ま》っ赤《か》になってしまった目を真剣な眼差《まなざ》しにして俺を見る。

「ねえ」

「ひっ！」

「その態度も傷つくんですけど。はぁ、でも忘れちゃったものは仕方ないか。それじゃ、今の康介はあたしの名前すら覚えてないのよね？」

「あ、ああ……。え、今の俺？」

「なら一回しか言わないからよ～く聞きなさいよ。あたしの名前は河嶋黒葉《かわしまくろは》。河嶋涼葉を姉に持つ超絶美少女の女子高生よ。この名を今度こそ深く胸に刻みなさい」

「かわしま、くろは……」

俺は少女の名を繰り返すように呟く。

『あたしの名前は河嶋黒葉。康介の同僚の河嶋涼葉はあたしの姉よ』

どこかで見た光景だろうか？　意気揚々と名乗る少女の姿が脳裏に浮かんだ。

既視感にしてはその光景が鮮明過ぎる。かつてこの少女がこうやって自己紹介したことがあったのではないかと錯覚するほどだ。

「今の康介は知らないだろうけど、あたしはあんたに救われたの。あたしの命と尊厳と思い出を守ってくれた。それは感謝してもしきれないくらいよ」

黒葉と名乗った少女は再び俺の手を握る。今度はさっきのように乱暴じゃなく、優しく包み込んで感触を確かめるように。

「あの、河嶋さん」

「黒葉よ。忘れる前の康介はあたしをそう呼んでくれたわ」

少女の発言には何も信憑性《しんぴょうせい》がない。ただの頭のおかしい女の子の可能性だってある。

それでも俺には、この子の言っていることは真実だと心から感じていた。だってそれはずっと憂《うれ》いていた、失った大切な何かを見つけたような気持ちになっていくから。

少女の言葉一つ一つを聞くたびに頭痛がするが、少女の笑顔でその痛みも和《やわ》らいでいく。俺の中にある鐘が鳴って必死に強く訴えていた。

「黒葉。悪いけど、俺はキミのことを全く覚えていないし、言っている内容もほとんどわからない」

「うあ〜、わかっちゃいるけど、はっきり言われるとショックだわ」

「だから教えて欲しい。俺と黒葉はどういった関係だったのかを」

涼葉さんの妹。黒葉はそう語ったが、それだけなのだろうか？

「いいわ、話してあげる。康介はね、あたしの飼い主様だったの」

「か、飼い主？　いやいや、犬や猫じゃあるまいし」

「うん、あたし猫になっていたから」

比喩的《ひゆてき》表現なのかな。猫みたいにお世話をしたということか？

しかし黒葉は猫についてこれ以上言及せず、微笑を浮かべてこう言い放つ。

「そして今のあたしは康介の彼女——」

「彼女⁉」

「——になる予定よ。最大にして最強のライバルがあたしのすぐ近くにいるけど負けるつもりはないから」

黒葉の言っていることがどこまで本気かは計り知れない。

しかしこの子の剣幕に、俺は思わず笑ってしまう。

「ぷっ、くくく」

「んな！　何がおかしいのよ⁉」

「すまん、すまん。涼葉さんの妹の次に猫が出てきたと思ったら、最後は彼女なんて出てきたからさ。いくらなんでも、サラリーマンと女子高生が恋人って釣り合わないだろ」

「さあ、それはどうかしらね？　案外、あたしたちはお似合いな二人だと思うわよ。ほら、これを見なさい」

黒葉は自分のスマホを取り出し、画面の裏側を見せつける。

そこにはプリクラが貼られていた。はしゃいでいる黒葉を諌《いさ》めている俺、という構図だった。こんなのを撮った記憶などない。

「これは……」

「どう？　あたしたちって誰もが羨《うらや》むカップルになれると思うの」

どこがだよ、と思わずツッコみたくなる。写真の俺、かなり困っている様子だし。

けれど黒葉の方は、不覚にも見惚《みと》れるくらいに可愛《かわい》らしい笑顔で写っていた。

「そうかもな」

「でしょ⁉　めっちゃラブラブよね」

ついそう言ってしまい、さらなる追及についても否定はしなかった。

黒葉はドヤ顔でうっとうしく俺に絡んでくる。

「なあ、黒葉。もしよかったら聞かせてくれないか。俺が失ったお前との思い出をさ」

「いいわよ。夕飯を食べながらでもゆっくり話してあげる。まずはあたしが猫になったところからね」

「猫って、さっきからそれ本気で言っているのか？」

「マジよ、大マジ。それがきっかけであたしは康介と出会えたんだもん。それから……」

俺には失われた大切な記憶がある。

それは一生思い出せないかもしれないし、ゆっくりと思い出すのかもしれない。

黒葉。涼葉さん。猫。呪い。そして猫神。

これらがきっと消えてしまった記憶を揺り起こす鍵になっているんだと思う。

だったら俺はこれからも積極的に関わっていこう。

まずはこのわがままそうな黒猫のお世話から始めてみようかな。

あとがき

はじめまして。本作がデビュー作となる秋乃つかさと申します。

まずは読者の皆様におかれましては、この本を手に取っていただきありがとうございます。タイトルからどんなお話だろうと想像しながら読んでくださったと思いますが、楽しんでいただけたら幸いです。

女子高生と猫ってどこか似ていませんか？　普段はツンツンしつつも、心を許した相手には愛くるしい表情を見せてくれる、そんな印象があります。本作ではそんなヒロインと交流するお話を書かせてもらいました。

ところで猫といえばいつの時代もブームになりますが、その反面、多くの理由から飼育放棄なんてこともあります。もしもこの本を読んで猫を飼いたくなった方がおられたら、その時は家族として最後まで愛情を持って大切にしてくださいね。さもなければ猫神《ねこがみ》が現れて呪われるから気をつけて！　なんて冗談です。

さて、ここからは謝辞のコーナーを始めさせてもらいます。何故どの作家さんもあとがきにこれを書くのだろうと常々不思議に思っていましたが、多くの人に支えられて今があるので、やはり感謝を述べたくなるのだと実感しました。

まずは担当編集の佐藤様。新人賞の選考でこの作品を見出してくれただけでなく、本作り全般を支えてくださり大変お世話になりました。ご迷惑をかけてばかりの自分に適切なアドバイスをしていただき、そのおかげで完成に至りました。

続きまして素敵なイラストを描いてくださったＥｎｊｉ先生。キャラクターに命を吹き込んでいただきありがとうございます。初めてキャラデザのイラストを見たらあまりに感動して、身も心も震えてしまいました。

そして編集長をはじめこの作品を選んでいただいた編集部の方々、さらにデザイナー様や校閲者様など出版に携わってくださった全員にも感謝の念に堪えません。本当にありがとうございました。

一つの物語がこうして形になったのは奇跡なのだと思います。タイミングや選ぶ人が少しでも違えば、おそらく世に出なかったことでしょう。そして、読者の皆様とこの物語が巡り合えたのもまた奇跡なのです。

それではまた、もう一度どこかで出会える奇跡がありますように。

秋乃つかさ

講談社ラノベ文庫

猫《ねこ》のＪ　Ｋ《ジェーケー》とサラリーマン

秋乃《あきの》つかさ

2024年7月31日第1刷発行

発行者	森田浩章
発行所	株式会社　講談社 〒112-8001 東京都文京区音羽2-12-21
電話	出版　(03)5395-3715 販売　(03)5395-3605 業務　(03)5395-3603
デザイン	寺田鷹樹（GROFAL）
本文データ制作	講談社デジタル製作
印刷所	株式会社ＫＰＳプロダクツ
製本所	株式会社フォーネット社

KODANSHA

ISBN978-4-06-536639-4　N.D.C.913　291p　15㎝
定価はカバーに表示してあります

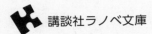

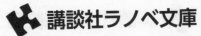

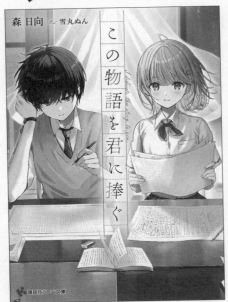